U0542456

人设

MASK

李尚龙 著

北京联合出版公司

图书在版编目（CIP）数据

人设 / 李尚龙著. — 北京：北京联合出版公司，2019.3

ISBN 978-7-5596-2895-4

Ⅰ.①人… Ⅱ.①李… Ⅲ.①长篇小说—中国—当代 Ⅳ.①I247.5

中国版本图书馆CIP数据核字（2019）第009154号

人设

作　　者：李尚龙
责任编辑：史　媛
特约监制：魏　玲　潘　良　七　月
产品经理：聂　文
特约编辑：张　艳

北京联合出版公司出版
（北京市西城区德外大街83号楼9层　100088）
天津旭丰源印刷有限公司印刷　新华书店经销
字数163千字　　1230毫米×880毫米　1/32　　8.75印张
2019年3月第1版　　2019年3月第1次印刷
ISBN 978-7-5596-2895-4
定价：45.00元

未经许可，不得以任何方式复制或抄袭本书部分或全部内容
版权所有，侵权必究
如发现图书有质量问题，可联系调换。质量投诉电话：010-82069336

前　言

我第一次见到帅气的 idol（偶像）时，他刚通过练习生选秀节目红起来。我们喝了两杯酒，聊了两句，彼此的话匣子就打开了。随着几杯酒下肚，他有些恍惚，拿起筷子夹了一块肉。这时，坐在他对面的经纪人伸出三根手指对他做了个 OK 的手势。我以为这个手势代表批准了什么事情。但有趣的是，当 idol 看到这个手势时，随即放下了筷子。

九点左右的时候，经纪人提前走了，我和他又喝了两杯酒，借着酒劲儿我问他那个 OK 的手势是什么意思："是批准你吃肉吗？"他说："不是，是在告诉我今天已经吃了三块肉了，不能再吃了。"后来，他吃着吃着饭哭了，跟我讲了他自己一路走来的心酸。我忽然心头感到一丝悲凉，舞台上看起来如此阳光的大男孩，如今又有了这么多粉丝，竟然连吃一块肉都要被团队限制……这种人设的反差，让我许久不能忘怀。

因为当编剧的缘故，我总会见到一些明星。有一次在晚餐聚会上见到了一位喜剧演员，这位喜剧演员在电影里表现出的幽默我非常喜欢，有时为了搞笑，他会肆无忌惮地自嘲。但那天吃晚饭，他跟我聊的竟然是四书五经和哲学、文学，我却成了那个负责幽默的人，这让我吓了一跳。后来，我们成了朋友，我才知道，生活中的他有很多面，而那些面都不曾在公开场合上出现过。因为但凡有正经角色的戏，都不会找他——人设决定了自己的戏路。我逐渐明白了，让人看到的外在生活，叫人设；不被人了解的内在生活，叫人生。

在一次晚宴中，我和宋方金老师、范伟老师聊到了人设，我们越聊越觉得有趣，于是，在饭桌上我说："我要写这个话题。"

那天晚上，我动笔写了第一行字，原来计划写的是一个关于明星和公众人物的短篇小说，但写着写着，我就收不住了。因为我忽然发现，其实每个人都有人设，每个普通人也有属于自己的面具。这本书比我想象中写得顺利，而那天晚宴中的两位老师，也成了这个故事的第一批读者。

我将这本书的书名翻译成 mask，也就是面具。

人，这一生有几副面具？

一个父亲在公司是老板，在酒桌上是兄弟，犯错时是孩子，愤怒时是"键盘侠";一个孩子在学校是班长,回到家是儿子,遇到弱小变霸凌者,遇到聚众变受害者。

可能我们这一生,都离不开面具,也很难摆脱人设,因为场合不一样,面对的人也不一样。但脱掉面具后,我们,还是不是自己?面具戴久了,它是不是成了自己的一部分?人设和人的关系应该是什么样子的?真正的自己又应该是谁?

这些问题,我想在本书的故事里跟大家探讨。

在互联网世界里,人和人隔着屏幕,你看到的,不过是别人想让你看到的面具,在万物互联的世界里,"人设"无处不在。

好比一个写励志故事的人,竟然写了本小说,是不是人设崩塌了?

写这本书的时候,我还在考虫网教英语课。白天,我在小说的故事里遇到那些带着面具的人,晚上,我在课堂上看到的是一群二十岁左右的学生。课上,我总告诉学生不要限制自己的可能,也别被自己的人设毁了未来。他们很好奇:学生哪有人设啊?真的没有吗?当你选择了这个专业,进入了这所学校,去了这座城市,这些标签都贴到了你的生活里,成了你人设的一部分。所以,你学的是计算机专业,是不是一定不能成为作家?你学的是英语专业,是不是一定不能成为主持人?不是。只要你还相信人设设计不了未来。未来的多样性,在自己的手上,别让其他人告诉你你不行。你才是自己的主宰。

二十多岁的年轻人,应该像可塑的云彩,风吹过的地方,才是你最好的模样。

终于,这个故事来了,谢谢你选择读它,愿你在这个故事里,找到真实的自己。

另外,这个故事里的所有人物,都是虚构的,若有雷同,就雷同去吧……

李尚龙

目　录

第一章	谁是我	001
第二章	我是谁	125
第三章	我是人	225
第四章	我是每个人	239

第一章

谁是我

一个短发女人把手机埋在墓前,对着墓碑说:"让我的过去陪你吧。"说完,她靠在身边男人的肩膀上,哭了。

男人紧紧地牵着她的手,离开了墓地。

两人刚刚离开,墓碑上便飞落一只乌鸦,哇哇地叫着,像是在诉说着什么。

一

多年后,功成名就的尚鑫也会经常问自己,头发是从什么时候开始越来越少的?

好像是在大三那年,头顶的头发几乎掉光了。他不敢摘帽子,因为周围还有些长发，起码能"农村包围城市"。

他有个姐姐，是名娱乐记者。每次过年回家，姐姐的朋友就笑着对她说："你叔叔可真年轻。"

尚鑫一开始是有头发的。有头发的他长相平平，脱发后，连长相也跌到了平均颜值以下。他的眼睛只有一条缝，笑起来嘴巴一边上扬，脱了发以后，长得越来越幽默。

渐渐地，他觉得生活失去了色彩，这个年纪，要成绩没成绩，要背景没背景，人生唯一的乐趣，是女朋友还在身边。

尚鑫的女朋友叫白雯，浓眉大眼，一头长发，笑起来单纯可爱。白雯总说："你虽然难看点，但我和你在一起很快乐。"

尚鑫特别舍得给白雯花钱，他会写代码，赚的外快几乎都成了白雯的零食。白雯平时不爱笑，可一笑起来就像个芭比娃娃。无论男女，都无法抵挡她那撒娇般的笑容。她只要一笑，男生挡不住诱惑，女生转头就走。

用尚鑫的话说就是："你舍得拒绝给一个刚出生的孩子喂奶吗？"

尚鑫的室友更受不了："你得有奶才行啊！你自己都穷成什么样了？"

尚鑫头也不抬："你管我？"

在白雯的鼓励下，尚鑫决定，一不做二不休，与其"农村包围城市",不如索性剃个光头,让谁也看不出自己脱发。

就这样,光头配上一口带着方言特色的普通话,但凡尚鑫在公开场合一张口,总能让人捧腹大笑。别人笑,他也笑,他还歪着嘴巴、眯着眼睛笑,一脸傻傻的样子。

一开始,他还不太能接受别人的笑,但笑着笑着,就习惯了,他也觉得自己低人一等,觉得自己特别可笑。

后来,不仅身边的人笑,每次回到家,连姐姐都要笑他半天。

读大学那年,他父母离婚了。父母抢着"照顾"姐姐,说是照顾,其实谁都能看出背后的意思。他像一个不存在的人。

姐姐工资不菲,毕业后去了大城市当娱乐记者。她的工资高低,取决于采访对象出名与否。这些年因为接触了很多大明星,她赚了不少钱。

自从尚鑫剃了光头,姐姐除了笑,明显也不愿意在公开场合搭理他,更不愿意带他出门,偶尔打电话也只是问:"你最近没闹笑话吧?"

他也自嘲地说:"我就一笑话,能闹什么笑话?"

父亲平时不怎么跟他说话,倒是母亲愿意跟他说两句话,要么问这孩子以后该怎么办,要么问这孩子的头发以后该怎么办。

这些举动扎得尚鑫的心生疼。"尚鑫"这两个字读快了,叫"伤心",心伤了不要紧,如今头发也没了,人们见到他只觉得好笑,他见到自己却觉得悲伤。姐姐不让他闹笑话，父母对他不管不顾，他活着就是个段子，怎么办呢？

好在这个世界似乎还有白雯关心他，每次见面都跟他说："没事儿，没头发怎么了？光头强也没头发啊。"

每次听到这话，他又感动又害怕，感动是因为白雯关心他，害怕是干吗总拿自己跟光头强比，思想不正确啊。

于是，他总是纠正她："唉，一休、一休、一休聪明，和我一样聪明。"

白雯便"咯咯"地笑着。白雯的家也在农村，和尚鑫不同的是，她家里的前三个孩子全是女孩，自己是最小的女儿，本身就不富裕的家庭被罚得倾家荡产。

白雯出生时，大姐和二姐已经嫁人了，几年后弟弟出生，自己完全失宠。

谁知道，通过自己的努力，她竟然考上了大学，带着五百块钱，拿着助学金，她就这样进了城。

来到城里，看看身边的朋友，她感叹着："城里人真有钱啊！"

城市，给人带来希望，同时她也明白，城市，更让人看不清未来。直到今天，自己也没有个真心朋友，和男朋友恋爱、分手，接着又换了男朋友恋爱、分手，到最后她也弄不清楚自己喜欢什么样的了。

她想留下来,但只靠自己不太可能,因为没有一技之长,学历也不突出,只有一张惹人怜爱、青春可人的脸庞。她本以为自己可以用这张天真无邪的面容求取真心,却一次次地在恋爱中受到伤害。那些男孩得手之后,要么对她不冷不热,要么消失离开。到头来,只有尚鑫对自己最好,可选了尚鑫,她又觉得亏了,不过跟其他渣男在一起,她觉得自己更亏。

于是,她常跟尚鑫说的话是:"一休,我为什么选你呢?因为只有你能让我笑。"

尚鑫不买账:"我能让所有人笑。"说完,摸摸自己的光头,期待地说:"还有什么原因?"

白雯说:"没了。"

尚鑫咧着嘴:"什么没了,头发没了?"说完,就不好意思地挠着头。

尚鑫喜欢和白雯开玩笑,因为每次他想认真,白雯就让他认命。久而久之,他只要看到白雯笑,自己也开始笑,他是发自内心地笑,而其他的,他从不奢求。

毕业前,尚鑫在食堂难得地认真了一次,他吃到一半,咽下嘴里的食物,忽然对白雯说:"毕业后,咱们都留城里吧。"

白雯从尚鑫碗里夹了一筷子肉,说:"我也没想回那村里。"

尚鑫说:"那你想做什么?"

白雯吃完肉，又从尚鑫碗里夹了一筷子肉丝："没想好，什么赚钱做什么。你想做什么？"

尚鑫说："你让我做什么，我就做什么。"

白雯扒拉了一下尚鑫的碗，说："我让你好好赚钱，好好养家。"

尚鑫调情地说："哪来的家？"

白雯又扒拉了一下尚鑫碗里的菜："没了？"

"什么没了？"尚鑫说。

"肉没了。"

尚鑫直接把碗推了过去，说："哎，那我给你说个好消息。"

白雯看了看那碗大米饭，抬起头，盯着尚鑫，尚鑫忙说："别这么看我，我都不好意思了！"

白雯严肃起来："你说不说？"

尚鑫也严肃起来："我找了一份工作，在一家上市公司写代码，月薪……五千块钱，有五险一金。"

白雯头也不抬，说："一个月五千块钱……也不够我花啊！"

尚鑫明白了这背后的意思："你真准备不找工作啊？"

白雯抬起头，把那碗米饭推过去，笑了笑："一休，我找，当然找了！你吃饭。"她笑得很单纯，但尚鑫明白，这撒娇的笑容，就意味着白雯不会去找工作的，也意味着，自己还要打一份工，才能在这个城市中生活。

这是没了头发的尚鑫第一次意识到,在大城市里,钱,是最麻烦的问题。他摘掉帽子,开始挠头。

回到宿舍,他苦思冥想了一夜,却没有想出什么解决方案。穷,好像是许多人的通病,室友说:"如果你这么干想就能想出赚钱的方法来,那人人都是富豪了。"

尚鑫眉头一皱,说:"你想不出来,不代表我想不出来。"

室友说:"你?凭什么啊?"

尚鑫大喊:"凭我没头发!"

第二天,尚鑫本想睡个懒觉,没想到室友大早上就打起了游戏,叫喊着:"快出装备啊!傻×!"

他下了床,顶着疲惫的脑袋,拖着无力的身躯,走着走着就走到了礼堂的后台。在疲惫中他明白了,脱了发也没能让自己变得聪明,村子里流传的那句"聪明的脑袋头发少"并没有通过实践的检验。

他无意识地走进后台的化妆间,推开了门,连灯都没开,关上门,躺在地上睡着了。他的呼吸声很均匀,一会儿工夫就做起了梦,像个孩子一样。

二

区领导来学校检查，突发奇想说想参加一个月后大四学生的毕业典礼。学校领导一边点头，一边托人打通了演员王子齐的经纪人于洋的电话。据说区领导的老婆是王子齐的忠实粉丝，只要是他的戏，就会守在电视机前面，永不耽误。当晚，学校领导费尽周折，把能夸的词全用了一遍，于洋才用鼻子哼了一句："看我们的档期吧。"

王子齐是荧幕上公认的"好男人"，18岁出道，一直活跃在电视、电影舞台上，开始演的是好男友，后来结了婚，演的是好老公。现在，只要一有好男人的戏总会找到他，他的档期已经排到了年底。

人，演着演着，就成真的了。

就好比尚鑫，笑着笑着，就真觉得自己可笑。

可王子齐不一样。25岁时，他和圈内的一位女导演张琳成婚，每次在公开场合，他永远冲着镜头对大众说："感谢我的老婆张琳，她是我一生最爱的人。"接着，就是媒体铺天盖地的报道。

今年他主演的新喜剧也要开拍了，资金都到位了，除了没有找到男配角。

年初的颁奖典礼，他再次获得了最佳男主角，红毯走过，奖杯在手，他又一次说出了那句让无数清纯少女泪奔的话："感谢我的妻子张琳！"

镜头推向他的妻子,她没有化妆,赶紧挡住了自己的脸,电视机旁的观众,好像都看到了她眼角的两滴眼泪。无论他的妻子哭没哭,观众都会认为她哭了,而且,是泪流满面的那种,因为电视机前的观众都哭了,她不哭还有天理吗?

回家的路上,王子齐牵着太太的手。在狗仔们的注视下,他们进了小区回了家。刚一进家门,王子齐便走进自己的卧室,关上门,拉上窗帘,然后翻开剧本,研读起来。

这些年,王子齐一直想演一个杀手。这次,他的新戏本来叫《杀手的故事》,但经纪团队认为这样会毁掉他的人设,于是开了两天两夜的会,把故事的名字改成了《知性爱人》,并把正剧改成了喜剧风格,所有的杀手元素都去掉了,增加了许多博眼球的桥段。连名字都加上了醒目的字眼。

用于洋的话说:"在娱乐圈,人设比人命重要!"

于洋还说:"名字决定了一部戏的半条命!"

于洋打来电话时,王子齐还在房间里研读着剧本,张琳在客厅一边敷着面膜一边接电话。

于洋:"哥!"

张琳:"哥什么哥!"

于洋:"是嫂子啊!我有件事找哥!"

张琳起身，走进王子齐的房间，把手机递给王子齐："电话。"

王子齐接过手机，看张琳没有要走的意思，便习惯性地点了免提。

王子齐说："你说。"

于洋说："哥，一所名牌大学的毕业典礼，你要不要去？"

张琳小声问："多少钱？"

王子齐说："多少钱？"

于洋："肯定不多。我开了三十万块钱，对方还价了。"

王子齐看了眼张琳："还到多少？"

于洋："一万块钱。"

张琳有些不高兴："这是还价吗？这是抢劫啊！"

王子齐转向张琳："学校嘛，也没那么多钱，我觉得……时间上没问题吧？"

于洋："查过了，那天晚上没通告。"

王子齐说："这次《杀手的故事》，咱们不是需要校园场地嘛，我的意思是，与其要那一万块钱，不如说我热爱教育事业，这场活动就当作慈善，给他们唱几首歌，唱完让他们免费提供拍摄场地，你看如何？"说完，他看向张琳。

于洋笑了："哥，您这个思路好，就按照这个方法来。"

张琳摘掉面膜，没说话。

于洋继续说:"哥,我再提醒您一遍,别再说《杀手的故事》了,这戏叫《知性爱人》。"

王子齐不情愿地说:"行,我知道了。"

于洋认真地说:"您可别在公开场合这么说,毁人设!"

"好好好!"说完,王子齐挂断电话。

张琳仍旧没说话,转身出门了。

这些年,王子齐身上是没有钱的,据同行透露,王子齐的银行卡只要有超过一千元的消费,张琳的电话马上就打过来了。这两年网络技术发达,监测起来就更容易了。在饭局上,王子齐时常抢着买单,之后张琳就立刻将消费记录发给王子齐。王子齐会连忙着急地解释,今天请的是什么重要人物。

在片场的时候,总会在某个时刻,导演椅的周围忽然出现一个戴着黑帽子、黑墨镜的女人。她默默地站着,许久,摘掉帽子,摘下墨镜,人们这才看出是张琳。

久而久之,佳话也传了出来:"张琳时常去探班,王子齐不存私房钱。"

王子齐同意去学校演出,表面上是为了后续场地的使用,实则是想找个理由逃离家庭这座"围城"。

得知对方同意来演出,学校领导很高兴,因为如果区领导看到学校竟能请到王子齐这样的影视明星来为毕业典礼演出,一来说明学校重视这场典礼,二来说明学校能力强。总之,王子齐一来,学校很有面子。

可是和于洋沟通完,一听王子齐要借用学校场地拍摄电影,校领导又不知所措了。

因为拍摄时间是九月,正是学生开学的时间。学校有明确的规定:不允许把学校的场地用在无助于学生发展的用途上。显然,这部戏跟学生的发展没有任何关系。思前想后,校领导和于洋一起做了个决定:为了促成这次活动,且不破坏学校规定,他们得让这部戏里出现一个角色。这个角色必须是这所学校的学生,而且戏份不能少。

刚好,这部戏还差个男配角。

至于怎么选,王子齐说,他会在毕业典礼上,选择一个适合自己新戏的男生。

校领导问:"要什么样的,您能提前透露吗?"

于洋神秘兮兮地说:"这就是商业机密了。"

领导也识趣,马上笑嘻嘻地答:"没事没事,只要子齐老师能来就好。"

就这样,在大四毕业前的最后一个月,王子齐的海报贴满了校园,引来无数女生的欢呼与恍惚。白雯是最疯狂的一个,用她跟尚鑫说的话就是:"我可是看着王子齐长大的!"

尚鑫不认识王子齐，从小到大也没怎么看过电视，但听白雯这么说，就回了句："哪里大了？"

白雯瞪了他一眼，不再多言。

演出的前一天，王子齐来到演出后台，有四个助理跟着他。见到领导时，王子齐满面红光笑着打了招呼，寒暄后，他提出一个要求："我能提前看一眼舞台吗？"

领导说："当然，当然。"

王子齐一边走，一边习惯性地说："每次演出我都要提前熟悉一下环境，这是一个演员的专业性。"

领导说："真好，真好！"

接着，几位领导便和王子齐去了舞台。

王子齐假模假式地看了看，照相机对准了他，摄影师按着快门，一旁高大的女记者也唰唰地写着，见状，他立刻顺口问了句："麦克风没问题吧？"

领导说："放心，放心。"

王子齐跟于洋使了个眼色，做了个手势。于洋见状马上走了过去，问："领导，我想问一下，子齐老师明天到场有没有休息的地方？毕竟，子齐老师也是个名人，怕人多拥挤。"

王子齐马上进入状态："什么名人，我就是个人名。您别费心，没有的话，也别勉强。我坐在台下，刚好可以看看大家的表演，留意一下有没有适合新戏的角色，哈哈哈！"

照相机在一边"咔咔"地拍着，高大的女记者在一边快速地写着什么。

领导们小声商量了片刻，其中一位领导凑了过去："子齐老师，我们都安排好了，这个地方比较小，但保证干净、安静，哈哈哈。"

王子齐说："那就太好了。"

"我带您去。"其中一位领导一边说着，一边带他们离开了舞台。他们一路说说笑笑，王子齐聊着自己的新戏，领导说着学校的规模，后面高大的女记者还在笔耕不辍，走着走着，他们来到了化妆间。

领导推开门："老师，您先请。"

王子齐笑着说："好。"

说着，他就走了进去，刚走两步，忽然感觉自己坚硬的皮鞋踢到了什么东西。在灯打开的刹那，尚鑫的美梦被忽然打断，他像弹簧一样跳了起来，脱口说了句梦话："把钱都他妈的给我交出来！"

这句话吓得王子齐倒退了好几步，直接撞到了正在写字的那位高大女记者身上，接着感觉自己又被重重地弹了回来。混乱中，他还没来得及看那位女记者魁梧的身材，便看清了这位光头少年的脸庞。伴随着他脱口而出的方言，王子齐"扑哧"一声笑了。

尚鑫看到学校领导生气的样子，明白自己睡在这里是睡错了地方,何况还说了句脏话,哆哆嗦嗦地说:"没说不让在这儿睡啊!"这句话因害怕而变了音调。

王子齐一听,"哈哈哈"地笑了出来,然后转身跟经纪人说:"像不像?"于洋也乐了,说:"像,像,您别说,还真像!"

领导也跟着笑,即使不知道他们笑的是什么。只有尚鑫摸着自己发亮的脑门,给自己说了句公道话:"笑啥?"

女记者往前走了两步,捡起了笔,把所有的事情都记了下来。

王子齐也开玩笑地冲着女记者说:"好结实啊!"

女记者笑了笑,没说话。

几天后,一篇报道在文娱圈火了,报道的名字是《〈知性爱人〉男二确定素人出演》,记者的名字是陶红。

拿到报纸的当天,王子齐就给于洋发了条信息:"看了陶红的文章,以后的报道还是请她写吧。"

于洋回道:"好。"

三

白雯对尚鑫宣布:"等我的偶像唱完歌,等我把眼泪和尖叫挥霍完,我再找工作也不迟。"

尚鑫笑着点点头,他知道,不管王子齐来不来学校,白雯都不准备找工作。

毕业是一个分水岭，有些人焦虑，有些人难过，有些人迷茫，有些人无措。只有白雯整天无所事事地晃悠着，刷着购物网站，梦想着可以成为卖家秀上的女人。

餐厅里，她一边刷着手机，一边对尚鑫说："一休，你说这些人凭什么啊，长得也没我好看，身材也没我好！"

尚鑫头也不抬，扒拉着白米饭，说："是。"

白雯继续说："她们就是有点钱而已，你说这些姑娘都哪儿来的钱啊？"

尚鑫拿出手机，打开邮箱，发现又是一封拒信。他沮丧地说："反正不是写代码赚的。"

白雯愤愤不平，继续刷着手机："要么是好的亲爹，要么是好的干爹。"

尚鑫关掉手机屏幕："还有可能是坑爹。"

白雯"扑哧"一声笑了，看了他一眼："你没必要那么焦虑。"

尚鑫说："我没有焦虑，我是焦躁。"说完，把碗里的饭全部送进嘴里。

白雯不能理解为什么这些貌美如花的姑娘会这么有钱，还能上那些页面让别人看到。她们要么有捷径，要么不干净。

正如尚鑫想了一晚上也没想明白怎么赚到钱一样，白雯想钱想了半辈子。

毕业演出的前几天,尚鑫发给白雯的信息都石沉大海,没有回复。白雯在网上看着王子齐的新闻、旧闻,任凭尚鑫的"在吗"躺在手机中。

新闻里关于王子齐的语言,都是赞美之词,无不夸赞着王子齐的敬业:他上台前看场地、试麦克风,为人和蔼可亲,没有包袱……这些文字、照片,让白雯陷入一种颅内高潮;这些新闻,对比着那些"在吗",她就更不愿回了。这冷漠一直持续到那场毕业演出,在礼堂里,两人终于见面了。

尚鑫挤到白雯身边:"你怎么不理我?"

白雯冷冷地说:"手机没电了。"

尚鑫也不傻:"这几天都没电?"

白雯有些不满:"你有事儿吗?"

尚鑫:"有个事儿,我想问问你的意见。"

白雯斜了他一眼:"尚鑫,结束后再问。"

短短几个字,尚鑫闭嘴了。

尚鑫知道,白雯高兴时叫自己一休,不高兴时就叫自己尚鑫。

演出现场,人山人海、人头攒动,后面的踩着前面的脚后跟,坐着的、站着的、跳跃的、蹲下的、靠在墙上的、坐在栏杆上的、骑在别人脖子上的。其他许多学校的学生听说有明星来,也费尽心思地溜了进来。没有什么学术讲座能吸引这么多学生，但明星可以。明星不用讲座，只要露个脸或者唱首歌，就比讲座吸引人。

区领导特意带了太太来，微笑地坐在第一排。据说，王子齐今晚会唱那首神曲《老婆老婆我爱你》。

开场结束，王子齐出场了，台下忽然掌声雷动，尖叫满堂，尚鑫捂住了耳朵。

王子齐唱了一首热播电视剧的主题曲，接着，他沉默了几秒，当"老婆老婆我爱你，阿弥陀佛保佑你"响起时，瞬间，现场安静了。

旋律结束时，好多人都哭了。白雯从泪流满面，到最后泣不成声。尚鑫递过去一张纸，她一边擦眼泪，一边说："我以后也要找王子齐这样的男人，就算他没钱，我也爱他。"

尚鑫好奇地问："谁告诉你他没钱？"

白雯倔强地说："他就是没钱！他只有一片真心，爱老婆的真心。"

尚鑫说："他没钱，为什么给我开一个月八千块钱？"

白雯愣住了，眼泪还挂在脸上："你说什么？"

"他要找我给他拍戏。"

"什么？这么大的事儿，你怎么不跟我说！"白雯站了起来。

尚鑫把她拉回座位："我给你发信息就是说这个事儿，可你不理我。"

白雯瞪圆了眼睛，顿时她的相貌就失去了笑时的魅力，增添了许多难以置信。歌曲结束后又是一阵尖叫，白雯简直以为自己听错了，她不敢相信面前的这个光头和自己的偶像有什么联系，于是她大声喊着，想要压过人群的尖叫："我不信！"

尚鑫从口袋里慢吞吞地拿出一张纸，纸上写着一串电话号码，说："他给我的。"

白雯一把抢了过去，然后在微信上飞快地输入了这个号码。对方的头像是一个陌生的女子，她查了查王子齐老婆的照片，对比之后她顿时明白了，这秀妻狂魔王子齐把老婆的照片设置成了微信头像。

这件事情，看来八成是真的。

可是，一系列疑问浮现出来：王子齐跟尚鑫是怎么认识的？看上他哪儿了？能和他怎么合作？合作的内容是什么？这一切究竟是怎么发生的？她的脑子蒙了。

她一把拉出了尚鑫，穿过人群，小跑到礼堂外，挤出一丝笑容，问尚鑫："究竟怎么了，详细讲给我听听。"

尚鑫有些不满："我发信息给你，你不理我。现在见到王子齐的电话，你就要问个究竟。你到底喜欢谁？"

白雯再次变出那张孩子般的笑脸："我喜欢的当然是你，说说嘛，到底怎么回事？"

那笑容让尚鑫无法拒绝,他说:"我在化妆间见到了王子齐,我在那儿睡觉呢,他踢了我一脚,我刚醒来,他就问我:'想不想演戏?'"

白雯说:"然后呢?"

尚鑫说:"我没见过王子齐,我就问:'你是谁啊?'他就一直笑啊笑,学校领导就说:'这是王子齐。'"

白雯激动地问:"然后呢,然后呢?"

尚鑫说:"你别打断我啊!当时我睡得迷迷糊糊,忘记你跟我说过王子齐了,我就说:'让我演灯泡啊?'他又笑了,然后说:'你很有喜剧天分。'说完就给我留了个电话。"

白雯说:"你打了吗?"

尚鑫说:"回宿舍我就打了,他们说,毕业后欢迎我去当演员,有部戏很适合我。"

白雯问:"什么戏?"

尚鑫说:"好像是叫什么'性'什么。"

白雯白了他一眼:"你就关心那点事儿,《知性爱人》吧?"

尚鑫说:"对,对,听起来就是这么一首歌。"

"那首歌是《知心爱人》。"白雯马上又笑了,"这是他今年最主要的一部戏,讲的是一个男人爱上了一个比自己大很多的女人,女人教会他成长的故事。"

"这你都知道？"

"那是必须的，我可是铁粉。你怎么说，去吗？"

尚鑫说："我问他多少钱。"

白雯急了起来："你怎么这么问啊！这个时候还需要钱干吗？多少人想去都去不了啊！"

尚鑫说："没钱怎么活啊？"

"他们怎么说？"

"他们说一个月八千块钱，还有提成。"

白雯说："你答应了吗？答应了吗？"

尚鑫说："我不就是要问你这个事儿吗？你也没理我！我答应还是不答应？"

白雯像是个看到玩具的孩子，蹦蹦跳跳地搂住了尚鑫，说："去啊！当然去啊！我是你女朋友，你必须去，我命令你：必须去！现在答应他，快！电话呢，电话给我，我来打。"

尚鑫愣在了那里，手足无措。白雯说着，着急地掏出了自己的手机，拨通了电话，那边响了几声，白雯马上递了过去。

于洋接了手机："您是哪位？"

"尚鑫。"

于洋很高兴："哦哦，怎么样，想明白了吗？"

尚鑫看了一眼白雯，白雯拼命点着头，尚鑫冷冷地说："想明白了，我去！"

于洋说："太好了，一会儿演出结束，你来后台找我们！"

"哦！"尚鑫挂了电话，白雯跳了起来："你能带我见见他吗？我好喜欢他啊！我是你女朋友，你要带我去见他！"

尚鑫愣在那里，许久，他问："你的手机不是没电了吗？"

白雯说："早上刚充完电！"说完搂住了他的胳膊。

只是一句谎言，就打消了尚鑫的疑虑。白雯蹦蹦跳跳地说："尚鑫，你要是红了，别忘了我啊！"

说着，她拉着他回到了现场。

入座后，尚鑫看了眼正在欢呼的白雯，摸了摸自己的脑袋。这时，场内又响起了欢呼声，王子齐又唱完了一首歌，震天的尖叫声、掌声中，尚鑫无力地说了句："我不想红！"

当然，白雯是听不见的。

四

尚鑫演的这个角色，是《知性爱人》的男二号，是个配角。

"为什么要叫这个名字？"尚鑫问。

于洋说："还不是为了噱头。"

"那我应该怎么演？"

于洋说:"男二就是演得越二越好。你演得越二,越能塑造出男一的独一无二。"

尚鑫刚进组时,白雯总来探班,看似来看尚鑫,其实看的是王子齐。

剧组鱼龙混杂,摄影器材、灯光器材、录音器材杂乱无章地摆放在地上。

江湖上有一句话:防火防狼防剧组。剧组所在的地方,必定毫无秩序,人们上蹿下跳,东西乱七八糟。尚鑫不在乎,因为自己的生活比这些还乱。

白雯第一次见到剧组的工作状况时是震惊的,她不敢想象剧组的环境是这样艰苦,好在还有那些养眼的演员,尤其是自己竟可以离崇拜的王子齐老师这么近。

剧组里,王子齐并不会正眼看白雯,他不认为尚鑫在这部戏结束后会继续和白雯在一起。这个圈子里的人,分分合合不过是利益、身价与知名度的碰撞和分离,节奏越快的圈子,越没什么深情。越是名利场,越是无情处。

尚鑫若成为明星,甩掉白雯不过是时间问题。这圈子里,没有人是不可替代的。何况,尚鑫的发展肯定是不可估量的,尤其是在这部戏之后。

开机的前几天,王子齐就发现尚鑫背台词的功力扎实,与其说功力扎实，不如说他的演绎和二次创作超过了编剧写的剧本。他是个十足的喜剧天才，往那儿一站，大家就想笑。尚鑫演的反差很到位，他演得越好，就越能凸显角色的坏。这一反差，幽默感就来了，幽默感来了，观众就喜欢看。他进组前，角色大于他；现在，他早就超过了角色本身。

戏里，王子齐在尚鑫犯傻时，用手狠狠拍打尚鑫的头，然后尚鑫用夹生的普通话说着："知错了，知错了！"

每次这个桥段上演，连场记都笑得"咯咯"的，白雯更是坐在监视器前笑得前仰后合。

片场没人理白雯，她的笑在学校能吸引人，但在影视圈，女孩的花枝招展不过是家常便饭。谁也不会在乎一个微笑，更不会在乎一个没化妆、没名声、没戏演的人的微笑。

白雯情商高，时常带着好吃的、好喝的来剧组，饿了递个馒头，困了递个枕头，但每次白雯想要讨好谁，大家要么应付两句，要么装作没听见。她就站在大监视器的后方，默默地端茶倒水，抢着做场工的活儿。场工很喜欢她，但直到片子杀青，导演也不知道这人是谁。只有一位头发斑白、大腹便便的中年制片人在一旁，看到这个笑起来招人喜欢的姑娘任劳任怨，便递给她一杯水。

白雯起身感谢，那时她还不知道，这个人在接下来的日子里，将会进入她的生命，支配她的喜怒哀乐。

这戏拍了一个月，白雯也来了一个月，直到杀青宴，白雯才有机会跟王子齐正式吃一次饭。

说是正式，其实也只是在一个餐厅而已。那天晚上白雯化好了妆，跟尚鑫一起来到餐厅，才发现至少有十桌，剧组的人满满当当地坐在里面。尚鑫被安排在王子齐身边，白雯被分得很开，坐在尽头的另一张桌子上，和一群助理在一起。

白雯一晚上的目光，都聚在尚鑫这边。那一桌笑声不断，而其他桌几乎没人说话，安静地听着。其他桌上的菜都吃完了，唯独那一桌几乎没有动筷子，大家寒暄地喝着酒。

王子齐身旁是他的妻子张琳，那个气质绝佳、说话掷地有声、永远被王子齐挂在嘴边的张琳。同桌上，还有几个年岁较大的制片人。白雯清楚地看到，那位给自己递水的制片人也在。

他们圈子里有个规矩：张琳在的时候，制片人话就比较少。他们害怕万一言辞不妥，惹怒了张琳，在圈子里就不太好混了，因为惹怒了张琳就相当于惹怒了王子齐，谁不知他永远站在张琳那边。但两杯酒下肚后，话题开始放肆一些，其他桌的话也多了起来。王子齐频频举杯，每次喝都暗示让尚鑫陪着。尚鑫不胜酒力，一开始说不喝不喝，一看大家都喝了，自己也忍不住猛地喝了几口，喝激动了，直接拿着分酒器往口里灌。不久，他开始昏昏欲睡，眼皮沉重，嘴巴里发出些大家听不懂的声音。

大家一看，笑了。

酒过三巡，张琳才定睛看到饭桌角落里的那个光头，她问："这位小兄弟就是你说的尚鑫吧？"

王子齐说："是的，领导。尚鑫，跟嫂子打个招呼。"

尚鑫喝得迷迷糊糊，说："嫂子，你好美。"

张琳笑了："酒量不错，嘴还挺甜。结婚了吗？"

尚鑫说："还没呢，刚毕业。"

张琳继续问："有女朋友了吗？"

尚鑫看了眼那边一直注视着这桌的白雯，刚要张口，一位头发斑白、大腹便便的制片人说："他着什么急啊！等这部戏上了，喜欢他的肯定排着队呢！"

王子齐紧张地看了他一眼，说："马叶，别瞎说，人家尚鑫跟我一样，都是专一的。"

听到这儿，白雯惊呆了，她这才知道，那位给自己送水的人就是著名制片人马叶——王子齐的合伙人。他包装过很多知名的角色，入行三十年，谁都知道，他的饭局，美女是永恒的主题。唯一不变的，是美女的变化。

据说有趣的是，这些美女在他的饭局里，喝着喝着，后来都成了明星。

马叶这么多年一直和王子齐合作，跟着他从原来的公司辞职，成立新公司，给王子齐找钱、拉投资、码盘子、建剧组、弄剧本。他和王子齐唯一的不同是，一个好色，一个不敢好色。

他曾试探性地问过王子齐拍戏的底线是什么，王子齐犹豫地说："不要太多美女，避免不必要的麻烦。"

所以，马叶这些年遵循着这条原则，从剧本层面写的都是男性和王子齐搭戏，偶尔有女性的感情戏，都会提前发给张琳过目。她看剧本时，一群人都围在身边听意见。饭桌上，马叶一听王子齐这么说尚鑫，就知道自己说错话了，尴尬地回应着："是是，能让子齐老师看上眼的，一定是实力演员，不仅作品好，人品也是没话说。"

说完，马叶尴尬地笑了，一旁的几个人也赔笑着。

尚鑫的脸通红，发亮的后脑勺也随着酒精的挥发红起来，他说："马总，我有女朋友。"

张琳接过话："哦，还在读书吗？"

尚鑫指了指那边："就在那儿！"

张琳朝着尚鑫指的方向看去，白雯立刻站起身打招呼。张琳招了招手，看了眼马叶："你这就不对了啊，怎么把两人分开了？"

马叶有些不好意思："是我照顾不周，我哪儿知道尚鑫带家属进组啊！"他冲着白雯喊："来，姑娘，过来坐。"

说着在自己身边腾出个位置。

白雯像只兔子，飞快地蹦过来，咧着嘴，坐在了马叶的旁边。

尚鑫迷迷糊糊地发现，白雯化了妆，笑起来更迷人了。

张琳问："姑娘笑起来很漂亮啊，吃饱了吗？"

白雯说："吃饱了，张琳姐。"

张琳笑了笑："你认识我啊！"

白雯说："小时候看您的戏，还有王子齐老师的戏，每部都看。"说着瞟了王子齐一眼。

张琳的脸上，洋溢着彩虹般的笑容："挺有品位啊！"

白雯说："谢谢张琳姐。"

张琳说："现在在做什么，还在读书吗？"

白雯："毕业了，在帮尚鑫做好后勤工作。"

张琳转身跟尚鑫说："你也挺有品位啊！"

尚鑫有点不好意思："她不嫌弃我就好。"

饭桌上飘着快活的空气，飘着、飘着，飘来飘去。

张琳对马叶说："马总，别老让他们俩天天异地，折磨我和子齐就行了。我看小姑娘长得也不错，有合适的角色，到时候也考虑一下，至少跟着剧组学习学习。"

马叶笑笑："好的，好的。"

"谢谢张琳姐。"

王子齐接过话，对尚鑫说："对了，这部戏也演完了，你可以考虑把'经纪约'签给我们。你这次的表演，是专业的。"

尚鑫摸摸脑袋，说："只要别再打我的头就好。"

身旁的制片人一边笑，一边摸着他的头。尚鑫惯性地说着："知错了，知错了。"

马叶说："尚鑫的人设容易包装，能出来。"

尚鑫说："我什么人设？"

"喜剧人。"马叶慢吞吞地说。

尚鑫晕晕的，没有抬头，白雯在一边疯狂地点头。

"什么叫喜剧人？"尚鑫继续说。

马叶看了一眼白雯，笑了笑："别问了，你看！你媳妇都说可以。"

白雯顺势轻拍了一下马叶的大腿，说："哥，我俩还没结婚呢！"

酒局里又飘荡起快乐的空气。

马叶笑得更销魂了，顺势把手放在了白雯手上。白雯挣脱开，不自然地捋了一下刘海儿。尚鑫睁开蒙眬的双眼，醉醺醺地问："到底什么叫喜剧人？"

马叶说："就是演喜剧、小品、脱口秀——让人笑，懂吗？"

尚鑫笑了，点点头："这是我的强项。"

马叶转向王子齐说："子齐老师，您觉得呢？"

张琳拍了下王子齐，看了眼尚鑫，说："你得先问问人家孩子喜不喜欢、愿不愿意。"

尚鑫刚欲开口,白雯抢先:"愿意!愿意!"

张琳笑了,王子文也笑了,马叶和周围的几个制片人都笑了。

尚鑫看着他们笑了,自己也莫名其妙地笑了,他看了眼白雯,觉得她笑得很真诚、很美丽,于是,他更安心地笑了。

王子齐:"尚鑫,那就定了啊!明天走合同。"

白雯抢过话说:"定了、定了。"

马叶说:"一颗新星就要升起了。"

王子齐转头对张琳说:"老婆,以后尚鑫跟我们就是一家人了!"

张琳:"等过年啊,来我家包饺子。"

尚鑫摸摸头,说:"我不会包饺子。"

张琳"扑哧"一声笑了,白雯也拼命使眼色,子齐说:"来吃总会吧?"

尚鑫:"这是我的强项。"

大伙又笑了,笑声飘着、飘着,飘来飘去。

马叶趁着笑声,发了条微信问王子齐:"你觉得能签几年?"

王子齐拿起手机,回复:"你看着定。"

马叶放下手机,挤出一丝微笑,说:"这样,尚鑫,咱们先签十年,公司也能更好地包装你,咱们把劲儿往一处使。而且,十年是公司的规定,制式合同,你觉得如何?"

马叶说完,又看了一眼白雯。白雯再次拼命地冲着尚鑫点头,嘴咧到了耳朵根。

尚鑫抬起头注视着她的微笑——那个他无法拒绝的微笑,问:"工资会涨吗?"

王子齐笑了:"弟弟,我们能亏待你吗?"

这一桌人在城里的夜色下欢快地笑着。

那一晚,尚鑫不知道这群人是在笑他,还是因为他而笑,总之,他明白了,有他的地方就有笑,但自己的心为什么又这么难过呢?他不明白,他们聊的都跟自己有关,自己却做不了主,他困惑、迷茫、疑惑,还有难过。于是他又喝了一杯白酒,之后眼前一片迷蒙,他倒在桌子上,睡着了。

他最后看到的画面,是白雯跟王子齐、张琳在合照,还和马叶互加了微信,他好像还隐隐约约听到马叶跟白雯说的那句话:"以后啊,你也可以考虑演个什么。"

他似乎听到白雯在笑,或许这也是他的梦,这笑声飘着、飘着,飘来飘去。

他觉得自己的眼皮在打架,打累了,就缠绵在了一起,一会儿就进入了梦乡。他梦见这笑声穿透了夜晚,飘到了天空,飘到了宇宙,飘到了浩瀚星辰中。

当晚,张琳和王子齐也喝了不少,司机送他们到家。张琳扶着王子齐对司机摆了摆手,司机便开走了。

几乎就在同一时刻,门口不远处停了一辆车,车窗里伸出一部手机,拍摄他们进了门、换了鞋的画面。关上门后,王子齐拉上窗帘,然后叹了口气。

"晚安。"王子齐说完,走进了一个房间。

张琳脱下外衣,走进另一个房间,一言不发。

然后,两个房间的灯,同时关了。

那一夜,所有人都睡得很香。

五

王子齐的戏在几家卫视同时播出,网台联动,黄金时段,很快就家喻户晓。戏只播到一半,尚鑫就红了。

观众一面喜欢着王子齐,一面心疼着尚鑫。王子齐这才意识到,尚鑫没有演成一个反派,反倒演成了一个傻子。这个傻子,又坏得让人心疼,连网络上都发起"心疼尚鑫"的帖子。王子齐带尚鑫参加巡演、直播,他的出现总能让人捧腹大笑,掌声雷动。

观众在欢呼后,都会提出一个要求,就是让尚鑫摘掉帽子,看看他那有趣的脑袋,也有好事者大喊:"打一下!打一下!"

王子齐一边轻轻地拍着他的头,一边说:"你们都好坏啊!"

掌声里,尚鑫说:"知错了,知错了。"

有时候活动结束,王子齐还会忍不住给马叶打电话,半开玩笑地说:"没想到尚鑫现在比我还火。"

马叶也笑着:"还是你英明,幸亏签了十年。"

这部戏火热地播着,王子齐也思考着尚鑫后面的人设应该是什么样的。马叶希望他成为一个谐星,而王子齐希望他成为一个演员,只有尚鑫希望公司给自己涨涨工资好养活白雯。

无论如何,尚鑫红了,红得出乎意料,也红得理所当然。

王子齐随即给尚鑫安排了许多节目:真人秀、新戏;马叶也给他安排了不少通告:小品、相声。尚鑫忙了起来。

忙则意味着他回不了家,意味着他和白雯分居两地。好在,他给白雯打电话时,白雯总会在第一时间接通;发信息时,白雯也能及时回复。现在,他的待遇可不一样了。

尚鑫有时候也会好奇,为什么不忙的时候,白雯对自己爱答不理,自己忙的时候,她反而秒回信息?久而久之,他隐隐约约地明白了一个道理:忙是好事,总比闲着强。白雯对自己的态度说明了一切。

尚鑫的父母也开始联系他,在公开场合说以他为傲,他能有今天都归因于自己教导有方,就连他的继父、继母也在媒体面前说着自己和尚鑫的关系，说着自己对他的帮助和支持。

姐姐和他的联系也频繁起来，电话里也有了其他话题，嘲笑也逐渐消失了，反而"恭敬"地问尚鑫能不能来他们公司做客。电话里的那些笑容和客气，是他从未见过的。姐姐从小就不喜欢他，这忽然的转变让他措手不及。

一天，尚鑫拍完真人秀，和姐姐在一家饭店的包间里吃饭。姐姐夹了两筷子菜到尚鑫碗里，忽然问："鑫鑫，你能不能给我要个签名？"

尚鑫有些不适应："你要谁的？"

姐姐脸红了，说："王子齐的。"

尚鑫："我见到他了就给你弄。"

他一边吃饭，姐姐一边客气而谄媚地问这问那，因为他下午还要录制节目，于是沉默寡言，疲倦都写在了脸上，嘴里塞着满满的米饭。即便如此，姐姐竟然也不生气。

几天后，尚鑫要到了王子齐的签名。

姐姐发信息给尚鑫："收到了，对了，能不能让王子齐跟我吃顿饭？"

尚鑫回："姐姐，他很忙。"

姐姐："再忙还能不吃饭吗？"

尚鑫也倔了起来："姐姐，他吃饭，但不跟你吃。"

"也是。"姐姐跟着回复了一个笑脸。

他知道自己的话过头了,但姐姐依旧没生气。他回想着,自从自己出了名,姐姐好像再也不生他的气了,见到也只是傻笑,跟当年的自己一样。

他不知道这个世界为什么变了,或者世界没变,只是自己变了,自己变了,所以世界就变了。他不懂,火了之后,人人都高兴,为什么就自己觉得不舒服。

众目睽睽下,他一天比一天难受,自己笑不出来,却要让别人笑,很累。

白雯不一样,她很忙,忙于整天在网上搜尚鑫的信息,看那些新闻和尚鑫说的是否吻合。想当年,自己差点就甩掉了尚鑫,好在他对自己还死心塌地,也不记仇。现在,她坚持嘘寒问暖,甚至每天发自拍照给他,跟打卡一样,还配着自己的微笑:

"你什么时候回来?""我想你了。""你别太累啊!""吃饭了吗?"……

手机是一个伟大的发明。手机发明前,人和人的分别,可能就意味着永别,但有了手机,人和人即便不在一起也能交流。思想永存,信息永恒,人也多了些重逢的可能。

但跟白雯频繁联系的,不止一个人。

自从白雯加了马叶,每天都能收到一条来自他的问候。马叶这个年龄段的中年男人有个特点：发微信喜欢群发，要么是动图，要么是一些冷笑话，要么是一些风景照。

白雯想，如果不是马叶发的，她可能很快就会屏蔽他。可是，这个人是马叶，是答应给她戏拍的马叶，是包装尚鑫的马叶，是著名制片人马叶。所以她总会回复，不仅回复，而且是秒回。这些回复，要么是一个笑脸，要么是一句"哈哈哈"，有时候还会发表自己的看法，短短几句，匆匆结束。

直到有一天，马叶在她的"哈哈哈"后，说了句："在吗？"

白雯马上回："在呢，马总。"

"叫哥就好。"

"哥，怎么了？"

马叶发："晚上有空？"

白雯想了想，有些警惕，又有些犹豫，但还是回了："有空。"

马叶："来吃个饭。"

白雯："还有谁啊？"

马叶："还有影视公司的几位领导，来认识一下，对你有帮助。"

白雯愣了一下，还是回了个表情，是只小狗在微笑着点头。马叶发来了地址，是一家主打海鲜的餐厅，叫"那片海"，包房的名字叫"纽约厅"。接着，马叶发了三个字："晚上见。"

白雯思考片刻，拿不准接下来需要做什么，这条微信更让她莫名其妙,于是,她拨打了尚鑫的电话。

尚鑫正在录节目,他摘掉身上的麦,接了电话:"怎么了,亲爱的?"

白雯说:"马叶让我晚上跟他吃饭,我去吗?"

尚鑫说:"哦,马总可能想让你演戏吧。"

白雯说:"可能吧,具体不知道。"

一旁的导演大声喊着:"完事儿了吗?怎么正在录的时候接电话啊?"

尚鑫赶忙说:"去吧,马总是自己人。"

白雯:"那好,你忙吧。"

尚鑫说:"对了,别喝酒,喝醉了没人送你回家!"

白雯笑了:"如果一定要喝呢?"

尚鑫说:"那就记住,提前喝一杯酸奶。如果没酸奶,先吃菜,吃完再喝,不容易醉,我最近发现的……"

白雯笑了笑:"知道了!不喝。喂,我想你了!"

"我也想你了!"

说完,匆匆挂了电话。

白雯心情复杂,一方面对晚上的饭局充满期待,一方面不知道会发生什么,因而害怕,同时,她还感到温暖,因为尚鑫没变。

去不去呢?

她想了想,毕竟自己什么也没有,失去的只可能是锁链,拥有的或许会是整个世界。无论这世界多么黑暗,至少自己可能会拥有。她决定,要去,不仅要去,还要打扮得朴素大方。朴素和大方本身矛盾,但只有高手才能在两个矛盾的词里找到平衡,这个圈里的姑娘,谁不是高手呢?

在娱乐圈大佬的饭局上,年轻女子往往像是一道道荤菜中的青菜,在一片油腻中焕发着清新的绿色,而正是这清新的绿色,显得这饭局更加油腻。当然,白雯不傻,知道自己在这群老男人中的位置。她算了算自己的底线,只要不喝酒、不话多就好,毕竟事从嘴入、祸从口出。

当她确立了底线,也就自信了不少。

她高估了大城市的交通,晚了近半小时才到三里屯附近的那家高档餐厅。在"那片海"的大堂里,她拨通了马叶的电话,马叶没有接,她顺着路找到了"纽约厅"。在门口,她深吸一口气,推门而入。映入眼帘的,是四个中年男人和三个比她貌美的姑娘。有两个姑娘已经东倒西歪,另一个姑娘端坐在桌旁微笑着,从桌子上看得出,她已经喝完了与别人等量的白酒,却若无其事。

马叶见到白雯,跟上次一样,留了个位置在身边:"白雯,来坐。"

白雯笑了笑,得体地跟所有人打了招呼。

马叶有些微醺:"这些都是咱们影视圈的前辈,今天我们聚在'纽约',America!高兴!当然,这几位姑娘你可能也见过,都是演员,先介绍这位,张一老师。"

马叶指向那名坐得笔直、头脑清醒的女士。

白雯笑着回答:"见过、见过,特别眼熟。"

其实,白雯哪里见过?

张一跟她体面地打了个招呼。

马叶冲着在座的各位说:"介绍一下,这位是我的好朋友,白雯。"

白雯有些蒙,她没想到马叶会这样介绍自己,这逻辑是跳过了尚鑫、跳过了王子齐,却并不显得尴尬,某种程度上,这种亲切竟到达了自己的内心深处:是啊,我本来就是个独立的个体啊!本来就应该被重视啊!

马叶给她倒了满满一杯红酒,迅速地递给她。她拿起酒杯,站了起来:"我来晚了,堵车,对不起各位哥哥、姐姐,自罚一杯啊!"

说完,她喝了一口,放下了杯子。马叶看着杯子,说:"干了吧!"

她愣了一会儿,干了杯中的酒。

一位四十多岁的胖男人接了话:"女中豪杰啊!"

马叶说:"我看上的人,没错。"

另一个男人说:"来晚了,得再喝一杯。"

马叶再给白雯满上:"至少罚三杯!"

白雯看了看酒杯，牙一咬，再喝下一满杯红酒。

马叶倒了第三杯，说："怎么样？我是不是没说错？"

话音刚落，白雯这杯酒也下了肚。她不知道自己为什么要连喝三杯，明明答应了尚鑫不喝酒的，是因为平时生活压抑，还是太想表现自己？她把尚鑫的话全忘了，自己的底线也丢了。

她忽然开始晕了，眼睛里透出了一丝恍惚，忘掉了桌上的菜，忘掉了尚鑫跟她说过"要先吃点东西再喝酒"，醉意袭来，她笑了："还喝吗？"

马叶不经意地把手放在了她的手上，轻轻地拍了拍："吃点东西再喝。"

白雯挣脱马叶的手，夹了两块肉放在嘴里。桌子上，叽叽喳喳地又开始了原先的嘈杂。

对面的张一对马叶说："别灌人家孩子了。"

马叶："我灌什么了？我这是帮她成长。哪有人不是在酒桌上成长的？"

"再喝一杯？"马叶说完又倒上一杯。

"喝！"白雯一饮而尽，"开心啊！"

"慢点喝。"马叶说。

灯红酒绿之中，他们划拳敬酒，声音震耳欲聋，酒精麻痹着每个人。

那两位在场的姑娘，也像被点燃了一般，分别找寻着自己的目标，一杯杯头昏脑涨地敬着酒。

起初，白雯还在用心地听谁的新项目刚开机，谁的新戏马上杀青。几杯酒过后，感到天旋地转，她意识到自己的酒量暴露了社会经验的缺乏。她拼命地想听清对方在讲什么，可这些声音到了耳旁，就是进不去脑袋里。

她感觉眼前雾蒙蒙的，明明临走前戴了隐形眼镜，却什么也看不清；她的嘴唇像挂了个铁块，沉甸甸的，张不开口。她感觉不到自己的存在，手心麻麻的，一直麻到了脚底，全身没了知觉。她低头看了眼放在膝盖上的手，猛然看到上面放着另一只陌生的手。她顺着这只手看了上去，一张脸清晰可见，是马叶。马叶的手指不经意地动着，摩擦着、敲打着，在她的手上打出了花。

她挤了挤眼，晃了晃头，想抽开手，却没了力气。她抬起了头，隐约地看到桌子上的手机在振动。她猜打电话的是尚鑫，刚想要抬手去接，却被马叶的手按住了。他力气大，自己无能为力。她又试了几次，无力抵抗，不知是自己喝多了，还是他力气太大。她转了几下，马叶的手就紧紧地握着她的手。眼看手机从振动到无声，那一瞬间，她哭了。

这一哭不要紧，刚刚热闹的饭桌都停下了各自的欢快。

"怎么了？"

"发生了什么?"

马叶松开手,耸耸肩,说:"对啊,怎么了?"

白雯拿起手机冲出了包间。

张一笑了笑说:"马总,你怎么欺负人啊!"

马叶也尴尬地笑了笑:"要真是欺负,也是欺负您啊,哪轮得着她啊!"

白雯冲了出去,拨回电话,尚鑫生气地问:"在干吗呢?"

白雯向后狠狠地看了一眼"纽约厅"包间,想起了搭在她手上的那只手,忽然,她冷静下来:"刚洗完澡,你呢?"

尚鑫说:"在酒店,刚录完一个节目。"

白雯问:"累吗?"

尚鑫说:"不累,但感觉不好,一会儿应该能睡个好觉了,这几天都睡不着……想你了。"

白雯说:"你什么时候能回来?"

尚鑫刚要回答,门外传来一个声音:"尚鑫?"白雯听到是王子齐的声音,像是有事,又似乎只是问候。

"等等啊!"尚鑫说。

白雯明白他又有事了,她的语速变得焦虑起来:"一休,我有话跟你说!"

尚鑫说:"宝贝,我现在有事,明天再说好吗?"

白雯还想说话,却只听到对方一句匆忙的"晚安",接着便挂断了电话。

白雯拿着手机,面朝着"那片海"的大门,狠狠地瞪了一眼出口,又回头看了一眼热闹的"纽约厅"包厢。她待在那里,深吸了口气。

她再次拨通了尚鑫的手机,一次、两次,可那边是持续的忙音。她忽然哭了,站在原地,蹲下,又站起来。过了几分钟,她擦干眼泪,转身走回了包厢。

六

酒能消解寂寞,能让人遗忘,也能令人沉睡。

这些天,尚鑫就是靠着酒精入睡的。他从一个场子赶到另一个场子,从一个节目奔波到另一个节目。他回到宾馆,往往是把包一丢,衣服也不脱地躺在床上,但又胡思乱想睡不着,可想到第二天又要早起,不睡不行,就只能借酒入睡了。

那天挂了白雯的电话,王子齐陪他喝了两杯。那天夜里,不仅自己和王子齐喝多了,白雯也喝得不省人事。

"这世界不相信眼泪,就算失眠、失望、失意,也要往前走,哭着往前走也比停滞不前要强。"这句话是白雯的母亲跟她说的,但走进这个世界,她才发现,哭不可怕,可怕的是生活能让你哭笑不得。

白雯一觉醒来，发现自己躺在一张双人床上，摸了摸自己的身体，发现内衣不在身上，再往下摸，内裤也不见了。她警觉地再摸了摸，发现周围的一切都不对劲。她睁开双眼，看见自己的身上，穿着一套从未见过的睡衣。她擦了擦眼睛，觉得眼睛干涩得难受，忽然想起昨夜没有摘隐形眼镜。她努力地睁开双眼，挤了挤眼睛，感觉湿润了一些，摇了摇头，头痛欲裂。

她看清了房间四周的墙壁，环境比身上穿着的睡衣还要陌生。

"我在哪儿？"她问着自己，捂着头。

"我昨天干什么了？"她的声音里充满恐惧。

白雯立刻爬了起来，光着脚踩在地板上寻找自己的手机，看到手机就在床头，她松了口气。她疯狂地按着home键，手机没电了。

"我在哪儿啊？"她冲向房门。

一个声音从门外面传来："醒了？"

白雯顺着声音打开房门，一个似曾相识的背影映入眼帘。一个女人端坐在沙发上，正看着电视，白雯觉得眼熟，却想不起是谁："您是？"

她说："不记得我了？"

白雯挠了挠头，说："有点眼熟。"

"昨天还说认识我呢！"

白雯挠着头，有些尴尬。

"张一。"她继续说，"看来你喜欢说谎啊！"

白雯努力回忆着昨天晚上的一切。忽然，她想起了眼前这个人，这个人就坐在自己的对面，一直很清醒。其间，她劝过白雯几次，让她少喝点。

"对不起，张一姐，我喝大了，不记得了。"白雯说。

张一说："不像吧，你昨天哭着跑出去，又笑着跑回来。跑出去的时候说自己醉了，跑回来之后又喝了三大杯拉菲，不像醉了的样子啊？"

张一又说："劝都劝不住，酒贵也不能这么喝啊！"

白雯回忆起了一些片段，最后一丝记忆留在端杯子敬酒的情景，之后的事情她就不记得了，断片了。她非但不记得昨晚的事情，还隐约感到昨晚发生了什么。

昨天应该是张一姐把自己送到了这里，她说："张一姐，我在哪儿啊？"

张一起身走进自己的房间，说："在我家。"

白雯看了看自己的身体："昨天……我没做什么吧？"

张一走了出来，手里拿着一个移动电源，说："妹妹，你是想问，没人对你做什么吧？"

白雯摸了摸自己的身体，警觉地点了点头。

"第一次参加这样的酒局？"

白雯继续点头。

张一说："在这个圈子，不是你想红就能红的，也不是你这样喝酒就能红的。演员首先看演技、长相，其次看待人接物的方式、情商、酒量。有些人跟错了人，一辈子也红不起来。"

说完，张一把移动电源递给了白雯。

白雯接过来，插上了手机："对不起啊，姐姐，我有点失态，昨天……心情不好，喝多了。"她又说，"马总呢？"

张一笑了笑，说："快穿上衣服，我带你去见他。"说完，走进了另一个房间，把她的衣服拿了出来。

白雯一脸疑惑地拿起衣服，一件件穿上，她不知道自己的衣服昨晚被谁脱掉了。她也不记得昨天马叶对她做了些什么，自己对马叶说了些什么，或者，其他人对自己做了什么，自己对其他人说了什么。想到这儿，白雯的脑袋又开始疼了。

如果什么都没发生，自己为什么会在张一的房间里？自己怎么进她的房间的？张一和马叶又是什么关系？自己怎么了？

想着想着，白雯眼睛红了，酸着鼻子捶打着自己的手机，叫着："开机啊，开机啊！"

此时，张一走了出来，已经换上了一身黑色西装和裙子，挎着一个黑色的包，她说："没事吧？"

白雯含着眼泪，故作冷静地说："没事，张一姐！"

"没事就走吧。"

白雯换了鞋子，跟着张一走出了房间。天空很蓝，太阳已升到了半空。

白雯恍惚地上了车，才想起来，问张一："为什么要见马总啊？"

张一一边开车一边说："昨天不是你答应的吗？今天去和马老师吃饭，还非拉着我。"

白雯说："我忘了。"

张一说："答应了别人就去吧，在这个圈子，诚信很重要的。"说完又有些抱怨，"其实你们吃就好，没必要叫我，跟电灯泡似的。"

白雯的脑袋"轰"的一下，电灯泡？这个词不都用在情侣间吗？她大概猜出了昨天发生的事情，也知道自己最不愿意发生的事情还是发生了。她不知道该怎么面对尚鑫，不知道该怎么面对自己。她用力地闭上了眼睛，眼前一片漆黑。黑暗里，她仿佛看到了自己的未来。她又努力地睁开眼，一道光进入视野，照亮了她的世界：既然发生的改变不了，那坏事能不能变成好事？

不行，要坚强，妈妈告诉我，不能哭。想到这儿，她冷静下来。

"姐，你一个人住这里吗？"

张一说："不然呢？"

白雯感叹着："一个人住这么大的房子啊！"

张一笑了:"妹妹,别担心,等你以后红了,肯定住得比这儿大。"

白雯说:"我从来没住过这么大的房子。"

"昨天不就住了嘛。"

"哈哈!"白雯笑了。

车停在了一栋大楼下。张一熄了火,拔了钥匙,拿起包,说:"走吧。"

下车后,白雯回头看了一眼这辆白色的车(minicooper),她觉得这车不便宜,但不知道该问什么,问贵不贵好像是废话,问车是什么牌子的,可自己也不懂车,她甚至没想过自己能有机会坐这样的车。她刚准备问点儿什么,却被张一反问了:"你之前演过什么戏啊?"

白雯愣住了:"我……没演过。"

张一一边和她走进大楼,一边问:"这是第一次?"

白雯不知道她问的是什么,刚要回答,手机响了。白雯拿出手机,来电显示是尚鑫。她停下来接手机,听见手机那边传来焦急的声音:"你终于接电话了,怎么关机了?"

白雯小声地说:"对不起,没电了。"

尚鑫说:"我刚拍完今天的戏,一会儿有个脱口秀,马上上台了,他们刚给我稿子,我还没背下来。你在干什么呢?"

白雯说:"和一个姐姐在一起。"

尚鑫说："昨天认识的？"

白雯说："嗯。"

尚鑫说："那一会儿干什么去？"

白雯说："去和……一个同学吃饭。"

尚鑫说："哦，那你好好吃啊！我一会儿也有个活动，嗯……想你了！"

白雯的鼻子一酸，看了看身旁陌生的张一，肉麻的话收回了，她说："你什么时候回来？"

尚鑫说："两个月以后……你听我说，我参加了一个节目叫……"

"你还有事吗？"白雯冷冷地说。

"你别生气啊！"尚鑫努力地解释着，"我不是不想回去，等我这边把事情做完，就再也不走了，我……"

"啪！"白雯心灰意冷地挂断了手机。

张一看到了白雯手机上的来电显示："尚鑫，是那个尚鑫吗？"

白雯说："是的。"

张一说："男朋友？"

白雯说："普通朋友。"

张一笑了笑，继续走："真的啊，我们马上要合作一部戏。"

白雯说："和尚鑫？"

张一说:"和他老板王子齐。"

白雯说:"子齐老师啊!"

张一说:"你认识啊?"

白雯说:"他包装的尚鑫。"

说着,两人进了电梯。

白雯的心情很复杂,她嗔怪尚鑫缺席昨晚的饭局,如果他在,一切就不会那么糟;可她又希望尚鑫顾好自己的事业,因为只有他好了,她才有机会获得之前没有的东西。可那一刻她突然想通了,求人不如求己,无论尚鑫多么厉害,都不如自己变强来得踏实。她要马叶给她机会,她要变成卖家秀上的女人。

"你们的戏什么时候拍啊?"

张一说:"咱们拍完之后。"

白雯再次惊讶了:"咱们?"

张一说:"马叶一会儿会告诉你的。"

电梯向上升着,白雯的心也悬了起来。她的脑袋里像笼罩了一层迷雾,对于昨天、今天和未来,她一无所知。

她说:"姐,昨天……谢谢您送我回来。"

张一说:"别客气,马叶和我一起送你回来的,一会儿你也谢谢他。"

白雯的脑袋又"轰"了一下:昨天晚上马叶也在,他也进了房间。

喝酒的时候他把手搭在自己手上，醉了之后他对自己做了什么？该发生的都发生了吗？如果是这样，今天见面他又想做什么？

张一用余光似乎看懂了什么："别多想了，既然决定进这个圈子，就别讲那么多原则，有时候目的比什么都重要，明白吗？"

白雯好像听懂了，也大概明白了昨天发生的事，她克制住眼泪，说："不明白。"

"赚钱，懂吗？赚钱啊！"张一喊的时候，电梯的门开了。张一走出电梯，白雯在电梯里，满脑子回荡着："赚钱！赚钱！"

她愣在原地，差点没来得及走出电梯。"赚钱"这两个字在一瞬间扎入了她的灵魂。

同样愣在原地的还有尚鑫。他本来要上台做一个脱口秀，却因为被白雯挂了电话在上台之后慌了神。舞台下，人山人海，尚鑫忘记了别人给他写的稿子，他忽然灵机一动，讲述着自己的脱发经历：

"我小时候，就有当演员的梦想，本来觉得，哪怕不当主角，也能当个配角，结果，脱发了。当时我问我妈：'妈，你说我以后能不能找到老婆啊？'我妈在做菜，说：'我怎么会爱上你爸这个秃子？'……"

这些天，尚鑫的通告很多，几乎都是头一天给通告和剧本，第二天匆匆上台，有时候甚至是上台前才给稿子。长期喝酒和失眠让他的脸上起了痘痘,化妆师只能用粉底使劲地盖住。

尚鑫红了。微博上,有粉丝给他建立了粉丝群,喊着:"遇见尚鑫,不再伤心。"只有尚鑫知道,自己是伤心的。

活动结束后,尚鑫如释重负地走到后台。姐姐打来电话:"弟弟,我在门外,你能不能帮我约一下王子齐?"

"姐,他没时间跟你吃饭。"

"不吃饭了,喝个茶总可以吧?"

"等我见到他吧。"

姐姐问:"那不喝茶了,简单聊两句,半小时总可以吧?"

尚鑫说:"姐,你能不闹笑话吗?"

说完,尚鑫挂了电话,坐在一旁,他想起姐姐之前对他的态度,忽然笑了。

他知道自己越来越红了,叹了口气,打给一直关机的白雯。

马叶接起自己的手机,手机那头张一说:"马总,我们到了!"

"到哪儿了?"

"你猜!"张一在故弄玄虚。

话音刚落,张一和白雯就走进了餐厅。餐桌上摆着几盘凉菜,马叶和一个年轻男人坐在包厢里。

马叶看见两人进来,习惯性地笑了起来,露出一颗金牙。他起身走过去,一手抓住还有些困惑的白雯,把她驾轻就熟地拉到自己身旁:"方导,这位就是我昨天跟您说的白雯。"

方导笑了笑,先看着白雯,再转向张一,说:"张一老师,您好。"

他接着说:"白雯,你好,我叫方佳,是这部戏的导演。"

张一摘掉墨镜:"方导,这部戏您来,一定成了,圈子里谁不知道您的作品质量啊!"

马叶说:"这部戏有方佳导演助阵,再加上张一老师,还有新鲜血液白雯加入,不可能不成啊!"

张一说:"您还少说了一人,马老师。"

马叶:"嗨,我怎么能把最重要的人忘了呢,我自己,谢谢。"

张一把脑袋一拍,说:"马老师的戏,您当然是最重要的。我的意思是,子齐老师是不是也要来?"

马叶犹豫了一下:"嗯……还不确定子齐老师的档期,但确定的是,方佳导演的加盟,可以让我们的戏在艺术方面达到完美。"

张一说:"那可不嘛!"

方佳谦虚地说:"哪里,哪里,这是要逼着我们中午就要开喝的节奏啊!"

张一继续说:"喝点没问题啊,就是子齐老师没来,可惜了。"

"不可惜,咱们这是长期合作!子齐老师非常重视和您下部戏的合作。"马叶继续说,"导演,这部戏是白雯第一次出镜,还要多照顾一下啊!"

方导说:"放心,我看了她的资料,这小姑娘挺上镜的。没有差演员,只有差导演。"

白雯愣在那里,傻笑着,她还没想明白昨晚到底发生了什么。

马叶说:"好,吃饭。白雯,吃饭!服务员,上热菜!"

方导看了眼白雯,说:"咱们留个电话,方便后面沟通。"

白雯跟他说了自己的手机号。

方导拨了过去:"我给你拨过去,欸?关机啦?"

"哦哦,我马上开。"说着,白雯开了机。开机的一会儿工夫,她就收到了好几条微信消息,前几条消息都是远方的姐姐发的。

第一条消息内容很简短:"妹妹,借我五千块钱。"

这已经不是第一次了。

她知道,姐姐又花光了积蓄。白雯存了导演的电话,没有继续往下看,又关掉了手机。她忍不住打断了他们的谈笑风生:"马总,这部戏让我演什么啊?"

马叶笑了:"演一个高中生。"

"我像吗?"

"怎么不像呢?"

白雯说:"还有个问题……有片酬吗?"

马叶说:"别着急,妹妹,演完这部戏,片酬算什么?"

"有吗？"白雯坚持问着。

马叶小声地说："你放心，肯定比那谁要多。"大家笑了起来，谁也不知道那谁是谁，但大家都笑了。

白雯低下头，看见马叶的手又放在了昨天的位置：他按住了自己的手，不停地扭动着。

这回，白雯没喝酒。谁都没喝酒，但那只手就在那儿。

七

红了之后的尚鑫反而瘦了，他吃不下饭，吃进去的食物也经常吐出来。一个人吃饭的时候，他经常会看着饭就哭了；一群人吃饭的时候，他就坐在饭桌一旁看着大家吃。

吃不下饭，加上失眠，这让他第二天的工作越发糟糕。每次他强迫自己躺在床上睡觉，刚躺下，就觉得床上都是蚂蚁、蟑螂、跳蚤……这些小东西刺挠着他的身体，侵蚀着他的血肉，让他夜不能寐。他责怪自己没用，觉得活着没意思，往往都是辗转反侧，想着想着，天就亮了。

他只能揉了揉睡眼，马上起床，看着公司给他安排的工作——那一沓厚厚的通告，开始新的一天。

昨天的工作刚结束，今天又安排他参加真人秀，马不停蹄，没有歇息。

他像一台机器，不停地运转，没日没夜地运行。

尚鑫失眠后，记忆力也越来越差，他记不住编剧给自己写的台词。真人秀本来并不真人，但他在现场频繁出问题，一出问题，就闹笑话，现场笑得一塌糊涂。真人秀让尚鑫变成了秀真人，节目效果反而越好。这让他感到自责，并且他的自责愈来愈深。

他越是自责，就越睡不着觉，如此恶性循环。

他回到宾馆，给白雯打电话，这是他唯一的安慰。

公司对尚鑫也有自己的打算，王子齐深知一个演员的红利期可能就是一两年，这一两年红了就红了，不红就再也没机会了。他们能在这两年红，是因为他们听话，因为没红的演员是没有资格不听话的。等这些演员红了以后，他们也就不听话了。所以，经纪公司保险的策略就是在每个新人演艺之路有起色的时候抓紧把新人推出去，多接活，多分成，维持公司运转。

赚到钱才是王道，而劳累不过是副产品。

白雯赴局的那天晚上，王子齐先是早早地醉醺醺地回到了家里。他以为张琳已经睡下了，却看见她正坐在沙发上用手机看着尚鑫前几天的节目。她头也不抬地和王子齐说："这么小的孩子，这样被折磨是不是太惨了？"

王子齐脱掉鞋子:"还没睡?"

"没,刚听完课,看会儿手机。"

"一个演员红的时间,说白了就那么几年,这几年不密集出席活动,以后再想红就难了。"

张琳说:"我知道,我也就是心疼这小男孩赚的钱都归公司了。"

"那不也是你的?"王子齐说。

张琳坐了起来,有些不高兴:"我管公司的钱,你是有什么意见吗?"

王子齐说:"哪敢?"

说完,他走进了自己的房间。

"你别把人家逼死,别忘了当时你是怎么过来的!"张琳喊着。

门"嘭"的一声关上了。

王子齐并不是不心疼尚鑫,他知道一个演员红了的背后需要什么,可谁不是这么过来的?尚鑫现在还不是大明星,甚至还有漫长的路要走,在微博买了一百万粉丝后,他才区区一百三十万粉丝。他知道尚鑫累,但一个演员就应该在最红的时候,不停地参加节目、拍戏、曝光,放大自己某方面的特点,拥有自己的人设,在这段时间里成为令人瞩目的新星。

这有什么?自己当年还没这样的机会呢。观众是残忍的,他们的注意力不会在某人身上停留很长时间,经常会被另一颗冉冉升起的新星轻易地吸引。这就是娱乐圈,残酷又现实,观众的注意力,是每个人都在抢夺的东西。

道理虽是这个道理,但王子齐在房间里想着张琳的话,越想越睡不着:"是啊,自己当年也是这样被经纪公司榨干的,接了无数不喜欢的戏和活动,中途差点不做。幸亏在张琳的推荐下,他才参与了一系列的爆款电影、电视剧。直到今天,他都感激张琳,感激当初她对自己伸出援手,这段婚姻,不也是那段经历的衍生品吗?"

虽然两人现在已经不再相爱,但因为契约精神还是在一起生活,毕竟这么大的公司还要运转,他们俩的戏还要演。但张琳说得也有些道理,自己和尚鑫之间,除了一纸合同,没有感情,现在给尚鑫这么大压力,他能受得了?很多事情,看起来风平浪静,可谁都知道底下是波涛汹涌。尚鑫如果意识到自己拿的钱少,意识到自己被欺骗了,会不会撂挑子不干了?

人总有被唤醒的时刻,想到这儿,他喝下满满一杯水。突然,酒醒了。他给司机打电话,立刻出了门,来到了尚鑫入住的酒店。

尚鑫入住的酒店在郊区,一路上几乎都没什么人,一个多小时后,王子齐才到了那家酒店。敲门前,他听到尚鑫在电话里说的那句话:"……可以睡个好觉了,想你了。"

王子齐笑了,自言自语道:"这小子还挺痴情。"说完,就敲了门,"尚鑫?"他听到尚鑫匆匆地说了句"晚安",然后就开了门。

王子齐进了门，笑着说："没打扰你吧？"

尚鑫说："打扰了。"他把手机放在一旁，继续说，"你说吧，我不接电话了。"王子齐坐到床上："怎么了，心情不好？"

尚鑫坐在沙发上："我好累，可又睡不着觉。"

王子齐从包里拿出一瓶十五年的威士忌，问："你这儿有杯子吗？"

尚鑫说："有。"说完，从冰箱里拿出两只玻璃杯。

王子齐打开酒瓶，倒上两杯酒，给尚鑫递过去一杯："别想了，喝完这杯，头一晕，就睡着了。"

"每天不都这样吗？"尚鑫说。

说着，尚鑫拿起杯子，喝完了满满的一杯。

黄色的酒，烈烈的，一直烈到了他的心里。一杯下去，他哭了："哥，我累了！我好累啊！"

王子齐拍了拍他："说说，哪里累？"

王子齐表面故作镇定，心中却暗自庆幸："幸亏自己来了，果然有一座大山压在他心头，这座大山随时都会压垮他。"

尚鑫说："我想她了，我都快三个月没见到她了，都不记得她的样子了……"

王子齐松了口气，笑了："你是说白雯吧？弟，再坚持一下，等这两个月过去了，我给你放一周假，你陪她旅个游，再做后面的工作。"

尚鑫说:"什么?还要两个月?这个节目不是月底就结束吗?"

王子齐又给尚鑫倒上一杯酒,说:"今天来,就是想跟你聊聊这个事情。你想红吗?"

尚鑫说:"什么?"

王子齐继续说:"有个节目叫《疯狂喜剧超人》,公司想推荐你参加。这个节目流量很大、很火,嘉宾都是喜剧大咖。咱们去参加几期,只要获得了名次,就会更红,没获奖也没事,增加了曝光率,而且……"

尚鑫说:"我不去!"

王子齐:"公司可以保证你进入半决赛。"

尚鑫吼了出来:"我说了我不去!我想她了!我想见她,现在就想!"

王子齐冷静下来,放下了杯子:"公司正在重点培养你,这是个好机会,你要对自己和公司的未来负责。"

尚鑫愣了一会儿,说:"我负责啊,可再等两个月,我已经离开她快半年了!"

王子齐说:"工资会涨!"

尚鑫说:"我不要工资,我想她了。我觉得自己特没用,自己喜欢的人都见不到,赚钱还有什么意义?"

王子齐拍了拍他:"你啊,有太多执念了,大丈夫何患无妻?何必单恋一枝花呢?你以后火了、有钱了,姑娘还不大把大把地来啊?"

尚鑫说:"但那些都不是她啊!"

"有什么不一样吗?"王子齐步步进逼。

尚鑫:"那你说……张琳姐和其他女人,能一样吗?"

王子齐笑了:"嘿!还跟我顶嘴呢?"

尚鑫又喝了一杯,忽然笑了:"哥,马总和你不是特别擅长包装明星嘛,你说……白雯能不能包装成明星,和我一起参加《疯狂喜剧超人》?"

王子齐严肃了起来:"胡闹,明星不是包装出来的,一个演员火不火,和天赋、命、人脉都有关系!"

尚鑫说:"哥,那你怎么知道她不会火呢?她那么漂亮。"

"就算包装,她也参加不了《疯狂喜剧超人》,她的人设不对。你别把这个节目当儿戏,不是谁想参加就能参加的!不可能!"王子齐认真地说。

尚鑫说:"可总这样也不是个事儿啊,早知道我就不进这个圈子了,这么长时间的分别真的很痛苦!"

王子齐想了想:"这样,我再考虑考虑。"

王子齐坐在沙发上喝了一口酒,尚鑫蹲了下来:"您就给她一次机会吧,让她从能演戏开始。她很漂亮,也很努力,如果她也进了这个圈子,以后就能堂堂正正地跟着我,我们也就不用分隔两地了,我也不至于这么难受,咱们再签十年都可以!"

王子齐还是没说话。

尚鑫继续撒娇央求,说:"子齐哥,你最好了,我不涨工资可以吧?"

王子齐沉默着,喝了一大口酒。

终于,尚鑫使出了撒手锏:"哥,我记得上次酒局上,张琳姐说她可以当演员,我记得!"

王子齐叹了口气,笑了:"好啊,小子,会玩三十六计了!"

"我也就是记性好。"尚鑫笑着。

"好,那你觉得,她可以演什么?"

"清纯可爱的、没心眼儿的,都特别像,本色出演。"

王子齐无奈地摇了摇头,说:"唉,怕你了。"

说完,王子齐拨通了马叶的电话。

马叶接电话时,正喝得酩酊大醉,听到了王子齐的声音,顿时清醒了不少。

王子齐说:"马总,咱们下部戏,就是和张一的那部,不是缺一个特邀吗?"

马叶那边醉醺醺地说:"是这么回事儿。"

王子齐说:"我给你找到了!"

马叶说:"谁啊?"

王子齐说:"尚鑫的女朋友,白雯,还记得吗?"

马叶起身,走出了"那片海"的"纽约厅":"记得啊,今天约集团领导吃饭,饭桌上缺姑娘,刚好叫了她。"

王子齐说:"这么巧?你觉得她怎么样?"

马叶说:"酒量不怎么样!"

说完,他从门缝里看了一眼趴在桌子上的白雯。

王子齐说:"试试吧,如果对整体没太大影响的话,那个角色就给她吧。"

马叶说:"好,听子齐老师的。"

"跟导演好好说一下,导演是自己人。"

尚鑫听见他们的对话,嘴咧开了:"他们现在正在一起啊,可别说我找的你啊!她自尊心特别强!"

王子齐说:"马叶,也别说我找过你啊!就说她适合这个角色。"

马叶说:"好,但今晚说不上了,她有点……明天我再约她一次。"

王子齐说:"麻烦了!我一会儿让尚鑫把她的微信推给你。"

马叶说:"不用,我有!您放心,我来处理。"

说完，王子齐挂了电话。

尚鑫听到对话，笑了："哥，谢谢啊！这两个月，我会好好干的！"

王子齐说："最后跟你说两件事，第一，她红不红，真要看命；第二，工资还是给你涨，不准再说不干的话。"

尚鑫笑着说："我也跟哥说两件事，第一，我没说不干了。"

王子齐笑了："第二呢？"

尚鑫说："第二，有她在，我会表现得更好！"

王子齐和他碰了一下杯："你现在满意了吗？"

"满意，满意！"说完，尚鑫喝完了杯中酒，人开始有些摇晃。

"我今天能睡个好觉了！"

王子齐笑着说："那你好好准备，我给你配了几个厉害的编剧，如果需要，我会亲自跟你搭戏，还会找外援。你要知道，《疯狂喜剧超人》这个节目一旦播出，传播将会非常广，要不大红大紫，要不可就遗臭万年了。"

尚鑫笑了笑："只要她能来陪我就好。"

王子齐起身，戴上口罩，走到房间门口，准备离开："行，那你早点睡，我走了。"

尚鑫好奇地问："哥，外面雾霾这么重吗？"

王子说："什么雾霾，是狗仔。"

说完，他出了门。

八

窗外一片宁静，月色撩人。空旷的马路上除了偶尔来回穿梭的车辆，便什么也没了。

此刻正是这座城市的沉睡时光。

凌晨两点，王子齐刚下楼，就给司机打了个电话，让司机接他回家。

这些年，他习惯了晚上活动，习惯了披星戴月。上车前，他看了看四周，没有看到狗仔。或许狗仔已经下班了，或许他们已经在家睡着了。他松了口气，摘掉了口罩，这是这一周他唯一能放心摘下口罩的时刻。

这些年，只要他出门，就永远被摄像机跟着，被手机镜头盯着，被聚光灯照着。他习惯了把自己的生活变成戏。人生如戏，戏如人生。

就这样想着想着，司机把车开过来了。他上了车，车在夜色下一路颠簸，郊区的石子路让这辆车上上下下、左左右右地摇晃。刚喝的酒在膀胱里上下跳动，一股尿意呼啸而来，即将迸发而出——他憋不住了。

他跟司机说："小李，你先靠边，我方便一下。"

司机说："好。"

说完，车子停在了一个没人的空地边上。

王子齐跳下车，解开皮带，拉开拉链，忽然听见司机大喊："我×！有自拍杆！快上车！快上车！"

一听到司机的话，王子齐就一激灵，强行把尿憋了回去，立刻缩头往回走。

经过这下折腾，他瞬间困意全无，脑子也清醒了许多，大骂一句："×你妈！"

他连裤子拉链都没拉，便跳上车，关上门，车开动了。果然，后面有一辆白车，紧追不舍，王子齐大骂："这么晚！还这么勤奋吗？"

司机："疯了。"

"领导给他们发加班费还是怎么着？！"王子齐大骂。

"我快憋不住了。"王子齐说，"有没有瓶子？"

司机递给王子齐一个可乐瓶子，说："王总，将就一下吧。"

王子齐拿着瓶子，愣了一下："有脉动瓶子吗？"

司机找了找，说："没有。"

王子齐打开瓶盖，差点哭了出来。

他一边尿，一边问："狗仔最近为什么跟这么紧？"

司机小李说："您最近没上网吗？"

王子齐打了个"尿战"："没来得及，怎么了？"

司机说:"好多媒体都在说,您和张琳老师这么恩爱,为什么没孩子?所以感情肯定是假的,是卖的人设,他们说……"司机欲言又止。

"说什么?"

"说您俩肯定早就感情破裂了。"

王子齐尿完拧上瓶盖,陷入沉思。

自他火了、成了一线明星以后,生活就变了,只要到家,家里的窗帘就没有拉开过。狗仔公司有个不成文的规定:谁能拍到王子齐的私生活,或他出轨的照片,就奖励1000万元。

既然选择当明星,隐私不过是别人茶余饭后的谈资。他们推断出王子齐夫妻之间的感情一定有问题,否则,他和张琳为什么直到今天都没有孩子?

媒体每次问王子齐没孩子的原因,他都说他们太忙。可是狗仔查出,张琳最近开始学英语了,据知情人透露,她闲得要考研究生。

一个女人如果婚后幸福,是不会考虑向外发展的,何况结婚这么久,都没有一个孩子,说得通吗?

张琳比王子齐年长8岁,先进了这个圈子,从场记一路往上爬,成了导演。王子齐自从遇到了张琳,事业就开始改变:从一个小演员,摇身一变成为身价过亿的当红演员。结婚后,张琳退居二线,帮王子齐打理生活,而王子齐却从演员变成了明星、制片人、老板,直到现在有了自己的公司。

自从有了自己的公司,王子齐很少能在十二点前回到家。张琳知道这个圈子的规则,更明白这个圈子的诱惑。结婚后,她选择待在家中,掌管经济大权,认为这样能增加自己的安全感,到头来却发现自己越来越不安全。丈夫的事业如日中天,回家的次数却越来越少。

在这样的情况下,她步步进逼,把爱紧缩,像是用手握沙,越用力,留在手中的沙越少。

婚后几年,他们经常吵架。

王子齐希望张琳能给他更多自由,张琳则希望王子齐给她更多安全感。两人吵着吵着,最后索性不吵了。

对夫妻来说,吵架至少代表能交流,最怕的是没话说,连架都不愿吵。不久,两个人虽在一个屋檐下,但开始分居,从无话不说到无话可说,自己忙自己的事,没事不说话,有事从简谈。

但对外,戏还要演的,王子齐的人设不能崩。那么多大型场合,那么多颁奖典礼,王子齐还是说着"感谢老婆""爱老婆""老婆伟大"。那么多电影、电视剧里,王子齐还是演着"好男人"。因为观众不在乎你这个人本身如何,更分不清戏里戏外。

张琳也知道,王子齐人设坚挺对自己好,对这个家也好,所以张琳也不得不配合他表演一切秀恩爱的戏码。

显然，公众已经开始发问，为什么两个人结婚那么久，却连个孩子也没有？

这些年里，王子齐的许多粉丝都从单身进入了婚姻殿堂，从结婚到生子。可王子齐还是那个好男人，还是那个没有孩子的好男人，这多少让人有些疑惑。

张琳不是不知道自己的窘境，她想过长痛不如短痛，但王子齐的事业一旦毁灭，人设崩塌，自己也会一无所有。她尝试着回到娱乐圈，却发现自己已经适应不了圈子里的工作强度，女人一旦离开职场太久，再想回去，真的难上加难。

这就是她决定先回学校深造，考研究生的原因。

她报了个英语班，毕竟身为公众人物没办法参加线下课程，于是她报了一个英语线上课程。这一学，她就学了三个多月，还剩三个月就能把课程学完。

她的专业课没问题，政治能过，只要英语过线，考上研究生近在眼前，生活就能重新开始。

她本想低调地学完，但是她用小号每天听课打卡时，却被狗仔发现上传的照片背景是王子齐家，于是狗仔猜出此人是张琳。很快，张琳准备考研的事被传了出去，王子齐的家庭隐私再次暴露在公众面前。这是个很重要的信号，狗仔得知这一讯息后，生怕漏掉任何线索，没日没夜、没完没了地跟踪王子齐，有些狗仔都跟他跟出了感情。

王子齐坐在车上颠簸，后面的狗仔紧追不舍。王子齐看了看表，已经凌晨三点了。他把车窗打开，顺手打开了瓶盖，把黄色的瓶子狠狠地扔了出去。瓶子砸到了后面的车子，液体飞溅出来。后面的车停了下来，传来几声脏话。

他关上车窗，拿出一张纸巾，一边擦手一边跟司机说："小李，再给我拿几张纸。"

说完，他便陷入沉默，不再说话。

王子齐脱身回家，打开门，看见张琳的房间里灯亮着，就敲了敲张琳的房门，推门而入。他看到张琳正在听课："还没睡？"

张琳摘掉耳机："上课呢。"

王子齐说："怎么这么晚还在上课？"

张琳说："这个机构不靠谱，我们上了三个月考研阅读课，今天中途竟然要换老师，老师刚录完给我们回放。"

王子齐说："为什么换老师？"

张琳说："据说这老师想要去山区支教，辞职了，现在换了个老师，叫伊庭。据说这老师之前教英语四级阅读的，现在竟然跨界教考研阅读！你说，这机构不是在扯淡吗？"

王子齐对这些并不感兴趣，应和着："从四级阅读到考研阅读，确实挺扯淡，讲得怎么样？"

张琳说："这不刚开始听嘛。"说完戴上一边耳机,"你有事儿吗?"

王子齐说:"外界都在传……"

"传什么?"

"说我们没有孩子。五年半了,没孩子。"

"你怎么想?"

"这样下去,我的人设容易崩。"

张琳有些不好意思,他们已经很久没有在一张床上睡了:"我懂,今天太晚了。"

"不行,太晚我也要说。"

"给你一分钟。"

王子齐叹了口气:"刚在路上,我想了想,接下来一定要启动一个项目,跟父亲有关,我演爸爸,等戏出来,我的人设就不会崩。"

张琳戴上了耳机,盯着屏幕:"我支持,睡吧。"

"嗯。"说完,王子齐走出房间,关上了房门。

张琳自言自语:"哪有人设崩塌,不过是原形毕露罢了。"

说完,她继续听那个教英语四级阅读的老师讲考研阅读。

天微微有些亮,城市被清晨的阳光唤醒,马路上的人开始多起来。路灯一盏盏熄灭,地铁一条条地启动,人们起床开始工作,而他们两人,先后进入了梦乡。

九

白雯对张一说:"我的男朋友已经半个月没给我打过一个电话了。"

事实上,是白雯不再接他的电话了。

与其还有两个月见不到人,不如先当作没有这个人,接下来的日子,靠自己也不是不行,男人没有一个靠得住。

他们筹备戏时,张一问过白雯,男朋友是不是尚鑫,白雯摇摇头,说:"现在已经不是了。"

白雯之所以隐藏关系,表面上是不希望耽误尚鑫的工作,实际上是因为马叶私下跟她说:"身为艺人,在公开场合永远是单身。"

毕竟,逐梦演艺圈的时候,谁知道自己接下来会不会红呢?

白雯以为马叶是老天派给自己的天使,却不知道,真正给自己带来运气的人,正在被她一次次地拒之门外。

此后,白雯的电话再也打不通了,尚鑫唯一的精神寄托没了,他更加睡不着了,开始濒临崩溃。

白雯认为无所谓,她想,倘若以后自己红了,会不会有更好的人呢?这是她早就盘算过的事情。于是,在新戏开机之前,她删除了过去所有的微博与朋友圈,隐瞒了自己和尚鑫的关系,净"身"出户,重新开始。

自己不再是白雯,而是"青春""可爱"的白雯,这两个形容词,是马叶和方佳导演告诉她的。他们说,一个艺人,一定要有自己的"人设"。

白雯的戏份不多,是一个特邀演员。所谓特邀演员,是指电影、电视剧中的小角色,通常只有几句台词,在某一片刻的戏中有意义,也称为"小明星"或者"临时演员"。和白雯对戏的是著名演员张一,她担心有经验的张一在片场会把毫无经验的自己给秒杀掉,更害怕自己随时会被什么人换掉。

她知道,因为马叶那天晚上对自己做的事情,才有了今天这个角色。可是,他到底做了什么?那一夜又发生了什么?是她自愿的吗?自己又说了什么?这不重要。重要的是,这个角色归她了,这份片酬归她了,这轮曝光归她了,她要红了。

"赚钱!赚钱!"这句话在她的脑海中徘徊,深入她的灵魂。

新戏开机前,白雯做了两件事。第一件,是用尚鑫给自己的积蓄偷偷找了个表演老师,一遍一遍背诵台词,纠正动作,理解人物。第二件,她加了方导的微信,一次一次地给导演发自己对人物的体会,这些体会,也是出自表演老师之口。

导演每次收到信息,都会跟马叶汇报:"姑娘挺有天赋。"

这部戏讲的是一对闺密在职场中的故事,张一演的是位圆滑世故、懂人情、有爱情的女孩,是女主角,而白雯演的那位是个傻白甜的女配角，没有几句台词。这部戏还有一对小鲜肉双胞胎宇文和宇武，是当时的人气演员，这对CP在戏里争夺女主角张一。

新戏开机那天，片场人山人海，有些是群演，有些是媒体，还有些是粉丝。白雯凑到方导身边，笑着跟导演说："没想到，张一姐这么火啊！"

方导笑了："才不是张一火呢！宇文、宇武才是流量担当，这对CP可火了！"

白雯说："是啊，看着好帅，他们是一对吗？"

方导说："是一对——双胞胎。"

正说着，人群中又是一阵尖叫，白雯顺着方向看去，一个穿着西装、戴着墨镜的人从门里进来，后面跟着几个黑衣人和一个身材魁梧的女记者。白雯定睛一看，看清迎面而来的这人正是王子齐，她脱口而出："子齐老师怎么也来了？这部戏不是没有他吗？"

方导说："张一就是王子齐老师敲定的。"

白雯问："那我呢？"

方导一边起身迎接王子齐，一边笑着说："那你要问马总。"

白雯忽然清醒了："看来那天晚上的事儿，剧组都知道了。"她的脸烫烫的，不知如何是好。

王子齐和方导说了两句话，就匆匆地走了过来，对白雯说："准备得怎么样？"

白雯自信满满地说:"子齐老师,您放心。"

方导在一旁:"子齐老师,白雯给我写了特别详细的人物小传,挺上心的,也很有天赋。"

王子齐凑了过去,小声说:"别辜负尚鑫啊!"

王子齐话音刚落,白雯的脑子一片混沌:"什么意思?难道子齐老师也知道了?剧组真的没有秘密啊……"她咧着嘴尴尬地笑着,不知道该怎么回复他,直到王子齐问方导:"文武两兄弟没提什么要求吧?"

方导说:"还是老规矩,必须同时出镜。CP嘛,不能单独出现,可以理解。"

王子齐继续问:"嗯,张一老师在哪儿?"

白雯从迷茫的状态中抽离:"……一姐在化妆间。"

王子齐说:"带我去见她。"

媒体疯狂地搜寻着流量明星,希望能采访出爆炸新闻;粉丝尖叫着,看着一个又一个帅哥和美女出现;演员们端庄地坐着、站着,把最好的一面展现给公众;工作人员警惕地看着周围,想着接下来应该怎么推进。混乱中,王子齐穿过人群,来到了张一的化妆间。

刚到门口,一个声音传来:"子齐老师来了?"

王子齐转身,见马叶走了过来,脸上挂满了笑容:"马总,这事要上心啊,也是为了后面的戏做准备!"

马叶说:"当然,今天晚上,我就住在剧组里,和剧组共进退。"说完,他捏了捏拳头,做出大力士的模样。

王子齐拍了拍他的肩膀:"等你拍完,再给你接风,请你喝最喜欢的威士忌!"

马叶说:"那是后话,走,咱们一起见见张一老师。"

两人和白雯一起来到了后台。

后台比前台更乱,化妆师和灯光师安排着每个细节,场记检查着每张表格,道具师打开各种道具盒,美术师在纸上画来画去。张一坐在角落,一手拿着剧本,一手比画着进入了角色状态。

王子齐进入化妆间时,小演员肃然起立,有些还情不自禁地喊了出来:"子齐老师!"那些激动不已的声音传到角落,张一听到声音,便放下剧本,抬起了头。

这一抬不要紧,她化完妆后立体的五官、冷艳的表情,瞬间映入了王子齐的眼帘,穿透了他的内心,打动了他的灵魂。王子齐愣在了那里,一个声音萦绕在脑海:"真美啊!"

他愣在原地,自己从未见过这么端庄冷艳的表情,这表情得体、大方、好看、迷人。就这么一瞬间,王子齐着迷了。

马叶提前张口,说:"张一老师,辛苦了!"

张一放下剧本,笑着:"不辛苦,这位就是……"

王子齐缓过了神:"您好,王子齐。"

张一挤出一丝笑："比照片上看着瘦。"

马叶说："你们第一次见啊？"

王子齐说："是啊，一直没见过，之前一直跟您的经纪人聊，希望能长期合作。"

张一说："已经不合作了。"

"跟谁不合作了？"王子齐说。

"跟经纪人不合作了。"

王子齐说："吓我一跳，我以为见了第一面没第二面了呢，那我可得痛苦死。您现在还有经纪公司吗？"

张一笑了："有没有……取决于子齐老师肯不肯签我了。"

王子齐也笑了："我哪敢奢求啊，您比照片上美多了。"

张一改了称呼："哥，你可真会说话。"

王子齐看了看周围，声音降了些："我们后面还有一部戏，也希望您能参与一下。"

张一说："好啊，有剧本了吗？演的大概是什么？"

王子齐看了一眼马叶，马叶忙说："演的是位母亲，完全按照您的模板写的。"

张一说："那父亲呢，谁演？"

王子齐笑了笑："你猜？"

张一"扑哧"一声笑了："那说定了啊！不过跟你演夫妻，我还是有些压力的。"

王子齐说："压力？"

张一说："演得太像，张琳姐不高兴；演得不像，观众不高兴。"

王子齐说："那你说怎么办？"

张一往前逼了一步："我可以演，那要看哥你能不能接得住我了。"

王子齐的血压"噌"的一下升上来，心脏像是要跳出来一样，他喘了一口气，不知道如何接话。记者陶红站在一旁，不知道该不该下笔，愣了几秒钟，脱口而出："哇！两位大咖已经开始飙戏了，期待下一部戏的合作。"

王子齐马上笑了起来，转身说："准确地说，这一部，也算合作。陶红啊，这部也要期待。"

陶红说："好嘞！"

说着，她拿着笔记录下来。

趁着大家都在笑，王子齐拿出一张名片，递了过去，用指尖拍打着微信那栏。

张一小声说："晚上加。"

当然，这个细节除了白雯谁也没看到，也没人看到白雯。大家要么忙于庆祝，要么忙于欢呼，要么忙于假笑。

喧闹中，白雯默默地发誓："你们有什么啊？总有一天，我要超过你们。对，超过你们每个人！"

于是，才有了第二天晚上，白雯走进马叶房间的事。

于是，才有了白雯的戏份忽然被改动的事。

于是，才有了戏播出后白雯忽然爆红的事。

当然，这些都是后话。

十

日子一天天地过去，《疯狂喜剧超人》节目也热火朝天地开始了。尚鑫睡前总会想，白雯一个大活人，怎么说不见就不见了？工作间隙，他偷偷去了她住的地方，合租的朋友说："她都搬出去一个多月了。"尚鑫不懂，她是为了躲自己还是为了躲别人？原来这个世界再怎么互联，一个人只要关掉手机，搬了住处，就会消失不见。

尚鑫更不清楚的是，《疯狂喜剧超人》这档节目，自己是怎么闯进半决赛的？比赛期间，王子齐让他安心地准备比赛，说白雯正在拍戏，很安全。尚鑫也就放了心，一心一意地准备着比赛。可等他比完赛，白雯怎么就丢了呢？

说回一个多月前的比赛。喜剧舞台上人才济济、高手如云。尚鑫刚到现场，就发现许多选手都是自己儿时的偶像，这个阵容，让他心虚，也让他心跳。刚开始时，他对每个人都会恭敬地弯腰鞠躬，就算没见过的演员，他也会低下头让他们看到自己秃了的头顶。无论他怎么鞠躬，现场始终没人知道他是谁。

第一轮，尚鑫表演的是一个单口相声，虽然有人给他写了稿子，但他压根儿不懂相声基本功——说、学、逗、唱。王子齐找来老师培训他，希望他能迅速上台，但这远远不够。比赛现场的灯光闪烁，五百多名观众呐喊欢呼，领掌的、领笑的在观众中摇旗助威，导演一次又一次地调动着现场观众的情绪。评审团在一旁，目不转睛地盯着每位选手，观众拿着投票器在几个数字之间徘徊。

对尚鑫来说，整段表演是一场灾难。他几乎没有按照剧本走，而是完全按照本能讲完了那段台词，他不知道观众的笑是尬笑、耻笑、讥笑，还是恶笑。

总之，观众的笑声在空中来回飘荡着。

节目的最后一个环节，是观众投票。此时，尚鑫已经下台了。

台下，尚鑫遇到了同台的老艺术家，他依旧鞠躬："老师好。"

老艺术家说："您才是老师。"

困惑的他回到了休息室，看到王子齐早就坐在里面，笑着跟他握手："表现得不错。"

尚鑫欲吐苦水，见王子齐身边坐着一位长者，又憋了回去。长者戴着黑框眼镜，面露笑容，见到尚鑫进来，立即起身："子齐老师，我先走了。"

子齐也起身说:"主任,您慢点。"

长者出了门,王子齐笑着说:"恭喜,过了第一关。"

尚鑫问:"多少票?"

王子齐说:"不重要。"

尚鑫说:"他们投完了?"

王子齐说:"投完了。"

尚鑫指了指门口:"那人是谁?"

王子齐说:"组委会的主任、节目的制片人——我的好朋友。"

尚鑫说:"哦,我觉得自己表现得挺一般的……"

王子齐收起笑容,说:"我知道,但结果不错。"

听完,尚鑫摸着头笑了:"很意外。"

尚鑫拿出手机,继续拨着白雯的电话,想汇报喜讯,那边依旧关机。

王子齐看了眼,说:"你打给谁?"

尚鑫说:"你觉得呢?"

王子齐夺过他的手机:"都什么时候了,还纠结那点小事吗?"

尚鑫说:"她为什么不接我的电话了?"

王子齐有些愤怒:"她在片场拍戏!你以为每个人都跟你一样,不思进取天天玩手机?"

"她怎么样?"尚鑫继续问道。

"她很努力。昨天导演刚表扬她，说她有天赋！"

尚鑫忽然笑了："真的啊？"

王子齐说："弟弟，明天第二场，咱们排练完再考虑这些小事，行吗？"

尚鑫说："什么？明天就第二场？我还没拿到剧本呢。"

王子齐说："我已经帮你搞定了。"

王子齐拿出剧本，递给他。

尚鑫低头看了看："小品？两个人？"

王子齐点点头。

尚鑫说："那……搭档呢？"

王子齐微笑着说："你说呢？我再不出山，你这样的表现如果晋级了，不得被观众骂死？你当观众是傻子啊？"

尚鑫说："好，幸亏您来了！"

王子齐说："我要不答应他们来比赛，你以为他们会放你过这一关？"

尚鑫说："第二场一定不让您失望。"

王子齐说："咱们一会儿就去排练，估计今晚是睡不了觉了。"

尚鑫笑了："反正也睡不着。"

王子齐拍了拍尚鑫："放心吧，天涯何处无芳草，该是你的就是你的。"

"就是！"尚鑫开心地说。

王子齐的出现带来了白雯的消息，也带来了自己的未来，就像一颗定心丸让尚鑫的心踏实下来。尚鑫没说谎，他不仅睡不着，还吃不下饭，他觉得自己一无是处，内心时刻都在进行着自我攻击。

这些天，尚鑫的痛苦变本加厉，一到深夜，就开始喝酒。一开始的时候，喝两杯就能睡着，与其说睡着了，不如说昏厥了。后来，他像是习惯了酒精的麻痹，喝很多酒，也睡不着。第二天到节目现场，困意总是占据着他的大脑，折磨着他的身心。又是一天煎熬后，他回到酒店，重复着昨夜的辗转难眠。他无数次在深夜拷问自己："尚鑫！你白天不是困吗？尚鑫！现在为什么不睡觉？"可有一个声音在神出鬼没地回答他："不让你睡，就不让你睡……"

尚鑫的记忆力开始衰退，情绪低迷，体重减轻。他没人诉说，每次和姐姐打电话，刚想说说近况，却总是被问到王子齐的事，跟父母更是无法沟通，而白雯的电话也打不通，自己也想不通。这些日子，他开始控制不住自己的身体和精神，仿佛掉入一个黑洞。坠落中，黑暗吞噬着自己的身体，侵蚀着自己的灵魂。黑暗的周围，都是那一阵阵笑声，那些放大的笑声、扭曲的表情，被植入尚鑫的心底。

当天排练到凌晨四点，王子齐在排练室睡着了。尚鑫走到窗边，面对着黑暗，忽然泪流满面。他对着墙壁发呆，用手抓着墙壁，发出"吱吱"的声音。他等待着天亮,看见太阳照常升起,他化了妆上了台。可万众瞩目下,他还是毫无悬念地忘词了。

好在王子齐接住了他的台词,一来一回,节目才勉强画上句号。

刚下台,尚鑫摸着自己的脑袋,不停地对王子齐说:"对不起,对不起,又忘词了。"

王子齐没说什么,他知道,摄像机正对着他们进行后续采访。

他拍了拍尚鑫,提示他别说话。

尚鑫说:"咱们可能止步于此了。"

王子齐拍了拍他:"回去说。"

摄像机继续拍着他们,他们身上的耳麦还没摘。王子齐拍了拍尚鑫,重复提醒着:"回去说。"尚鑫眼睛红了,继续自责着。

进了休息室,门一关上,尚鑫就哭了:"哥,我对不起你,也对不起公司对我的栽培。我想回家了……"

他越哭越难过,鼻涕也流了出来。王子齐扯掉尚鑫和自己的耳麦,关闭了声音,朝他一脚踢了过去,把他踢到了沙发上,指着他说:"我警告你,不许再哭了!你不说自己演砸了,谁也不会说你演砸了!自己的防线塌了,才是真砸了!"

尚鑫立即擦干眼泪,在沙发上坐正,拿起一旁的茶杯,推掉盖子,一口气喝完了一整杯浓茶。他狠狠地咬着茶渣,像在嚼着自己无望的未来。突然,他想家了,想白雯了,也想姐姐了。

人在外遇到委屈时，最先想到的永远是顺风顺水时容易遗忘的人。虽然白雯不接电话，姐姐找自己麻烦，爸妈不搭理自己，但他们毕竟不会折磨自己。每次上台，对他来说都是一次折磨，他不知道下面的人在笑什么，也不知道自己为什么这么难过。那些笑声像一把把匕首，一次次刺入他的心脏。

他不敢哭，听了王子齐的话，他更害怕了，这个房间会不会有摄像头？这里会不会有录音机？想到这儿，他忍住眼泪，狠狠地咬了咬牙，咽下了茶渣。

门开了，昨天刚刚见到的"黑框眼镜"主任走了进来。他手上拿着一个信封，跟在他后面的，还有许多摄像师和录音师。

主任进了门，拿着信封，递了过去："子齐老师、尚鑫老师，现在可以揭晓观众对您二位刚才表演的评分了。"

王子齐看见摄像机，立刻露出了笑容。他对着镜头拿着信封，说："好紧张，万一这次尚鑫演砸了怎么办？"

制造悬念是王子齐这种演员的拿手好戏。

镜头对准尚鑫，尚鑫委屈地看着王子齐，眼睛充满血丝。

主任说："我们一起揭晓吧。"

王子齐刚触碰到信封口处，又拿开了，几个回合下来，王子齐深吸一口气，说："尚鑫，你来开吧。"

尚鑫走了过去，打开信封，看了看成绩，面无表情。

王子齐问:"怎么样?多少票?"

尚鑫看到了数字,刚准备说话,主任夺过票,对着镜头:"全场 500 位观众,共有 230 人为您投票,恭喜尚鑫,成功晋级!"

尚鑫有些晕:"那另一组呢?"

主任说:"228 票,您和子齐老师险胜。"

王子齐瘫坐在沙发上,演着:"哎呀,好险,好险!"

摄像机纷纷被举起,对准了王子齐,他继续演着,对尚鑫说:"恭喜弟,进了半决赛,我也能给老婆一个交代了!"

主任说:"是啊,张琳老师肯定也在看咱们这个节目。"

尚鑫不知道发生了什么,但一听晋级,挠了挠头:"看来,我还真的挺适合这个节目啊!"

这个结果打消了尚鑫的焦虑,也止住了他的眼泪。尚鑫继续说:"也不难啊!"

大家的笑声弥漫在化妆间里。

尚鑫最后说:"我要拿冠军!"

王子齐不知道该说什么,只好说:"一定的。"

说完,摄像机离开了房间。主任把王子齐拉到一旁,说:"宇文、宇武两兄弟确定明天会来吧?"

王子齐说:"放心吧,答应你们的事一定做到。"

"是一起来吗?是同台吧?不同台,一个人可没啥收视率啊!"

王子齐看了眼尚鑫，说："不仅同台，还会和他一起上台，您就放心吧，他们只要同台，肯定保证收视率。"

"太好了！他们能来不容易。""黑框眼镜"主任说。

"对啊，可不能让他们失望而归啊！"王子齐说。

"那可不？"主任说着，笑了。

十一

宇文、宇武与尚鑫的这个节目在演出结束后迅速上了热搜，这个节目讲的是尚鑫分不清两人谁是谁，因而还错钱的一场闹剧。

节目当天，现场人山人海，万众沸腾。大家举着横幅、文武兄弟的照片，尖叫着、呐喊着，观众似乎根本不在乎他们演的是什么，只在乎有没有他们。这次表演对尚鑫来说依旧是场灾难，他忘词、乱说，宇文、宇武两兄弟根本接不住台词，只能报以微笑。好在这是录播，可以剪辑，但节目组还是让尚鑫通过了比赛，进入半决赛，给宇文、宇武颁了鼓励奖。

上热搜当天，尚鑫又红了，但这次红的原因不一样。这次是尚鑫"装疯卖傻""没能力、没本事""有背景"……在各大视频平台的弹幕里和评论区被刷屏了。

除了喜欢尚鑫的一些粉丝还在苦苦地支持，"黑幕"成了这次事件发酵的代名词。尚鑫的微博下面,铺天盖地的评论:有些是谩骂,有些是质疑。被淘汰选手的粉丝像疯了似的,冲到尚鑫的微博下发泄情绪,表达着不满,言辞激烈到波及王子齐、宇文、宇武。因此热搜,节目迅速火了。

王子齐在半决赛开始前就看到了这些铺天盖地的留言,他给尚鑫打了个电话,告诉他成为名人的痛苦,并让他习惯接受诋毁,这是人红的必经之路。

尚鑫一开始也不明白发生了什么,但听明白后立刻上网搜索了自己的名字。没想到刚搜完"尚鑫",关联词"黑幕"就出来了。他捂着被子,看了一晚上评论,心情越来越沉重。那些言论刺激着尚鑫,攻击着他脆弱的灵魂,最后他抱着被子,泣不成声。

此时,张琳正在房间里听着那个叫伊庭的四级阅读老师讲考研阅读课,听得入神,时不时被这个老师讲的内容逗得哈哈大笑,自言自语着:"这四级老师讲考研英语还真不错。"

刚说完,她就听到客厅的王子齐在手机里的怒吼。她从房间走出来,看到王子齐坐在沙发上,抽着烟。

张琳倒了一杯水:"尚鑫的事?"

"你也看到了?"

"网上铺天盖地的,谁看不到?别给孩子那么大压力,赢不赢重要吗?"

王子齐说:"没有压力,哪来的成绩!还记得我当年吗?那时候哪像他现在这样有这么多资源啊!"

张琳显然不愿谈当年,她往杯子里加了些枸杞:"当年就别提了,说说现在。你现在走后门给他抬得这么高,名是有了,但这名,他吃得消吗?"

王子齐说:"也只能抬到半决赛了,后面的路,还得他自己走。"

张琳递过去茶水:"这么红,也不知是件好事还是坏事。"

王子齐把茶杯放在桌子上,说:"红当然是好事了。"

张琳冷笑一声:"不一定吧?"

王子齐站起来,说:"你又要讽刺我了吗?"说完转身就出了门。

王子齐这些天很疲倦,一边要给尚鑫铺路,一边要留意张一的戏以便启动下一个项目——拍摄一个关于父亲的题材,打造自己的新人设。他没时间顾及张琳的小题大做,更何况,两个人的婚姻早就名存实亡了,这些带着情绪的言论有意义吗?

何况在娱乐圈,每一天都是鏖战,大家斗得你死我活,仅仅是为了多吸引一点公众的注意力。那些曾经大红大紫的人,用不了几个月就被人遗忘。所以,王子齐时常告诉马叶:"死亡不是结局,遗忘才是。我们绝不能被人遗忘,遗忘就意味着死亡。"

离开了家，王子齐赶到片场，白雯和张一正在对戏。张一看到王子齐来了，便停下工作，走了过去，调侃着："哟，这不是大红人王子齐老师吗？"

王子齐说："张一老师才是大红人。"

张一说："来探班？"

"是啊。"

"谁的？"

王子齐说："你的。"

张一说："只探我一人的？"

王子齐凑了过去，说："那我还探谁的？"

张一说："子齐老师，探我的班可要付代价的，只有铁杆粉丝才有探班的权利！"

王子齐笑着说："张一老师，我哪是什么铁杆粉丝啊，我是终身会员！"

张一笑了，和他并排走进了休息室："你真贫啊！咱们那戏的剧本什么时候给我？我得提前看啊！"

王子齐说："别急，先把这部戏演好。下个角色是专门请编剧为您量身打造的，等您这部戏一杀青，咱们立刻建组，到时候还要连续作战，辛苦您了。"

白雯被晾在了一边。

张一笑了笑:"辛苦谈不上,到时候还要请子齐老师多多指教。"说完,撩了撩垂下来的一缕秀发,香气随着风吹进了王子齐的鼻腔,他神魂颠倒地目送张一离开。

王子齐明白,从第一眼见到张一,自己就喜欢上了这个女人。他喜欢她的懂事、大气,喜欢她比张琳年轻、温柔,他喜欢她的一切,甚至着迷于她身上的香味。

正想着,一个声音传来:"子齐老师来了!"

王子齐缓过神来,转身看到马叶走了过来,想到刚刚和张一调情的画面,他有些尴尬,说:"马总,到多久了?"

马叶说:"我一直在剧组。"

王子齐说:"我问你在这儿多久了。"

马叶说:"我一直在。"

王子齐说:"算了,算了。对了,进度怎么样?"

马叶说:"进度挺顺利,能按时完成。"

王子齐说:"演员呢?"

马叶说:"张一老师当然没话说,老戏骨了。"

王子齐赶紧做"嘘"的样子:"你可别瞎说,人家哪老了,像话吗?"

马叶赶紧纠正:"成熟、大气,这像话吗?"

王子齐笑着说:"像人话。"

"另外,白雯的戏是出乎意料地好。"

王子齐说:"真的?"

马叶说:"真的,不信你问导演。"

王子齐说:"我怎么能不信你呢,如果好,那就给她加点戏,她也不是外人,把她的人设凸显出来。"

马叶愣住了,王子齐问:"怎么了?"

马叶说:"咱们想一起去了,已经让编剧加了!"

"你可别打别人的主意啊!"王子齐警觉地说。

"怎么会!"

正说着,片场开工了。张一和白雯很快进入了表演状态,一个气场十足,一个青春秀气;一个大方得体,一个羞涩可人。看了一场,王子齐愣住了:"白雯演得确实不错。"

"据说找了老师。"

"嗯,你给她加的什么?"

马叶小声说着:"给她加了些能凸显人设的戏,不影响整体。"

王子齐说:"她什么人设?"

马叶说:"你看呢?"

王子齐说:"我看是单纯、可爱,尤其是笑起来,感觉很特别。"

马叶笑了出来:"我也是这么想的。"

王子齐说:"切记,加戏不要影响整体结构!"

马叶说:"放心吧,我和导演、编剧都聊了。"

王子齐说:"这么说,这部戏出来后,白雯也要红了?"

马叶说:"红不红不好说,但一定会有自己的人设。"

"那不就是红了?"

马叶笑着点点头。

王子齐看了眼马叶:"你没欺负人家吧?"

马叶忙说:"这话怎么说的?我是按照您的指示,给她安排了演员住的五星级酒店,这可是张一老师才有的待遇,还找人帮她把家都搬过来了,现在她是一心一意在拍这部戏。"

王子齐说:"行,不过这不是我的指示,是您亲自发出的指示,可别让外面传我对哪个女演员格外照顾。敢情以后白雯红了,我这儿还埋一地雷呢。她人设建立了,我人设崩了?"

马叶说:"圈里谁不知道您洁身自好,对感情忠贞不渝啊?拍戏连女演员的微信也不加。"

"Cut!反着来一条,现场准备一下。"导演一声令下。

张一走了过来:"怎么样,两位领导,我演得还行吧?"

王子齐说:"演得非常好,张一老师演什么像什么。"

马叶也笑着说:"可不是嘛!"

张一说:"要不是昨天改了剧本,还能更好!"

王子齐瞪了一眼马叶："怎么，昨天晚上刚改了剧本？这不是增加张一老师的工作量吗！"

马叶赔笑："下不为例，下不为例！"

此时，白雯也走了过来，她微笑着问张一："张一姐，我刚才表现得怎么样啊？"

张一话中有话："马叶老师觉得呢？"

马叶的笑忽然尴尬了："跟她搭戏的是您，我怎么好评价呢？"

张一说："那我能随便评价马老师的人吗？"

马叶尴尬着说："瞧您说的，调皮！调皮！"

王子齐拍了拍她的肩膀，替她解围："白雯表现得挺好，再放松一些就更好了。"

白雯说："谢谢子齐老师！"

王子齐说："尚鑫这些天也表现得不错。"说完转向张一："回头也安排你们认识一下，挺有才的小伙子。"

张一说："比您还有才吗？"

王子齐装作淡然："那可没有。"

白雯笑了，笑得很尴尬；马叶笑了，笑得也很尴尬；张一也笑了，笑的时候，碰了一下王子齐的手，王子齐也用力回碰了一下她的手，这一切自然而随意，像是两个老友正常地互动了一回。

王子齐寒暄完就离开了片场，张一拍完戏也开车离开了。

当天杀青，白雯呆呆地站在原地，等所有人都走了，马叶拍了拍白雯的头，从头发抚摸到了她的脖子，说："走吧？"

白雯问："去你那儿还是去我那儿？"

马叶说："去你那儿吧。"

"嗯。"

说完，白雯上了马叶的车，将车窗摇上，从外面看，车里一片漆黑。

十二

白雯之所以跟马叶好上，源于开机第一天王子齐来剧组夸了导演，夸了张一，甚至夸了所有演员，唯独没有正眼瞧白雯。白雯第一次接触剧组时就端茶倒水，还总被忽视。她意识到：剧组就是个弱肉强食的地方，想要被尊重，就必须红起来，手段不重要，红起来才重要。

机会不是给有准备的人的，而是给红人的。

于是，白雯下定决心，一定要把这次机会用到极致。倘若这部戏没红，自己没赚到钱，还要回去和别人拼租，还要低声下气地跟尚鑫讲话，还要等下次机会，还要在片场被人忽略，重要的是，她还会被别人看不起。

她决定做点什么。

开机第一天,她和剧组人员磨合剧本到深夜,好在勉强完成了任务。

第二天拍到了凌晨,白雯刚刚结束拍摄,还没来得及卸妆,就来到了方导房间的门前。她虽不知圈内规则,但确定自己读过网上的新闻:被报潜规则的,永远是导演。也就是说,上位的第一条路,应该找导演。

她拿着剧本,在导演的房间门口敲响了门。方导穿着睡衣,露出一道门缝。他近视,眯着眼睛看了一眼门外,看清是白雯:"白雯啊,这么晚,有什么事?"

白雯说:"导演,想和你聊聊戏。"

导演收拾了一下,左右看了看门口,确认没人,打开门,让白雯走进自己的房间。方导不是不知道白雯前来的目的,当导演这些年,这样的事情他见多了。他不敢动白雯,一是他不清楚此人的背景到底是尚鑫、王子齐还是马叶,无论是谁,他都惹不起;二是他很清楚动了的后果是什么,自己在这个圈子也很久了,上一次和一个女孩发生了关系,和老婆的关系一直僵到现在。

于是,他让白雯在茶几前坐下来,自己烧了一壶热水,一边说话,一边给白雯倒了杯茶。

白雯说:"导演,今天,我演得怎么样?"

"我觉得很好。"导演跷起二郎腿。

白雯继续问:"您觉得还可以更好吗?"

方导说:"至少在现有戏份里,是最好的了。"

白雯吸了口气,坐到导演身边,瞪大眼睛,满脸可爱地看着导演:"那您觉得我能——加戏吗?"

导演向一旁坐了坐,体面地说:"什么?"

白雯说:"我觉得戏里这个人的人设还不够饱满,如果可以,我想再加一些细节,能让这个姑娘的形象更立得住。我有些想法,想跟您和编剧沟通。"

"如果对剧情有推动、对整部戏有帮助,加戏是合理的。"

"真的吗?那什么时候?"

"什么什么时候?"

"什么时候给我加戏?"

"这才刚开机,何况,改戏这件事,肯定要和制片人商量。"

白雯显然着急了:"那要是后面再加……会不会来不及了?会不会故事中断了,接不上了……"

导演说:"这是编剧的事,跟你无关,你负责自己的表演就好。太晚了,你赶紧回去休息去吧。"

说完,导演起身坐在了床上,一副送客的样子。

白雯看出来两人已经没话说了,便起身说了句"再见"。在门口,她回想起导演说的话"改戏这件事,肯定要和制片人商量",她"扑哧"一声笑了。

"我好傻啊!加戏他做得了主吗?"她自言自语道。

说完,她走向了马叶的房间。在门口,她又愣住了,一个声音在耳边不停地徘徊:进去还是不进去?

如果说导演不给她加戏,可能是因为时机还不成熟,或出于对艺术的追求,又或者没有足够的权限,也或者对自己不感兴趣,那马叶可不一样。他带自己进了组,给了自己机会,重要的是,依照现有的情况,两人应该还发生了什么。

马叶是一个商人,对这部剧也没有抱以什么艺术期待,他同意的可能性会更大。

可是问题又来了,她想,自己跟导演提出加戏要求时,导演没对自己做什么,很大可能是因为马叶。但如果进了马叶的房间,后面的事情可能就麻烦了,上一次是被动,这一次可是主动,怎么对得起尚鑫?

她安慰自己:"尚鑫或许早就喜欢上娱乐圈的男欢女爱,心里哪里有我?"

她又想:"他现在是大明星,而我只有成为大明星,才能让他真正地尊重我。"

自我安慰奏效了,她再次深吸了一口气,自言自语道:"反正不是第一次了。"

"不是第一次"说服了白雯，她鼓起勇气，敲了门。敲了三下后，马叶懒洋洋地开了门，看到是白雯，他只说了三个字："进来吧。"

白雯推门进了房间，马叶看了看门外，关上门。

他让白雯坐在桌子前，自己打开一瓶十二年的威士忌："来一杯？"

白雯说："马总，先不了，我有事儿想跟您说。"

"哎，私下别叫马总，叫哥。"

白雯说："好，哥，就是……"

马叶打断白雯，递过去半杯酒，说："来，边喝边聊。"

白雯本来就有些不好意思，想到那天晚上的事情更是无法启齿，但事情还是要说，戏不演又不行，机会不用过期作废。于是，她接过那杯酒，想着如果喝了，至少还能卸下彼此的尴尬。

她接过酒，喝了一大口，等酒精上了头，她鼓足勇气说："哥，我想加戏。"

马叶喝了一半的酒悬在半空："你想怎么加？"

白雯说："我想让我演的这个角色，看起来更立体、更饱满，让观众看了更喜欢。"

马叶喝了一口酒，转身看了眼脸蛋红润的白雯："现在不立体吗？"

"这样拍下去,观众不会喜欢我这个傻白甜的,而且戏份又少。观众喜欢的,应该是没有小智慧但有大智慧的女孩子。"

马叶的酒杯悬在空中:"挺聪明,但这件事情难办。你也知道,现在改戏,是很难的。何况,这个戏的修改方向是去包装一个女演员。这件事有难度。"

"有什么难度?"

"许多方面的难度!"

白雯喝完杯中的酒,猛地站起来,探过身,用力吻住了马叶的嘴唇,吻住这个比自己大三十多岁的男人的嘴唇,接着退后一步,看着他的双眼:"难度还大吗?"

瞬间,马叶感觉身上的血液分成了两股,一股冲向头顶,让他头脑发热;一股冲下两腿间,让他两腿发酥。他冲了过去,狂吻着白雯,吻着她的嘴唇、脸蛋、后颈、耳根,撕扯着她的衣服。白雯躲藏着,顺应着,享受着,又被折磨着。

白雯顺势发出娇喘声,呼吸加重,闭上眼睛。她希望闭上眼,就能看不见这一切,宛如一切都没发生。但马叶的胡楂儿像只刺猬一样,伴随着身上芥末的味道,提醒着她正发生的疼痛。

马叶顺势解开了白雯后背的衣扣,另一只手解开了白雯束缚的内衣。他触摸着,使劲地踩躏着,完全不顾她的口红抹在了自己脸上。白雯攥紧了拳头,用牙齿咬住下嘴唇,马叶捂住她的嘴巴,不让她发出声音。马叶用另一只手解开了自己的腰带，然后把白雯推倒在床上。白雯抓着床单，把脑袋侧到一旁，眼睛红了，她紧紧咬着自己的下唇。她不清楚，这对自己来说，是一种享受，还是一种折磨。

事情结束得很快，这是白雯没有意料到的。更让她没有意料到的，是床上的那抹红色，她没想到自己竟是特殊时期。她蜷缩在被子里，看着那抹红色，对马叶说："对不起，把你的床弄脏了。"

马叶也注意到了那抹红色，他的头皮发麻。这些年，他和无数女人发生过关系，但和处女还是第一次。看到那抹血，马叶沸腾的血液瞬间凉了下来。

马叶点燃一支烟，久久没说话，许久，他吐了个烟圈，慢慢地说："明天，你就别住剧组了，我给你安排五星级酒店公寓，你住过来吧。"

白雯清醒了，没说话，用手紧紧地抓住被子，挡住自己的上身。听到马叶的话，她更加清醒了。

马叶抽完一口烟，把烟圈吐到了天花板上，看她没反应，继续说："你房间的家具，我会安排场务帮你搬过来。别担心，以后就住过来吧。"

白雯还是没说话，两行泪流了出来，像个孩子，不出声。但她的眼泪，流到了马叶的心里。

马叶猛地抽了几口烟,又迅速掐掉了烟,从被窝里一把抱住白雯,她挣脱着,马叶说:"别哭啊……你想住多久都行,我来付钱,我来负责……"

马叶害怕事情的后续,害怕一个处女把这件事看得太重,倘若事情传了出去,别说尚鑫和王子齐,就算自己的爱人、孩子若是知道,事情都会更加复杂。

想到这儿,他手忙脚乱地穿上了裤子。

白雯依旧在床上,什么也不说,就是哭,连声音都不出。眼泪花了妆,脸上五颜六色的。

马叶急了:"行了,别哭了!我想办法给你加戏!"

白雯停止了流泪,她的眼睛就像被人瞬间关掉的水龙头。

她抬起了头,马叶走了过去,用手擦干她脸上的泪珠。白雯看了看马叶沾满口红的脸,和自己五颜六色的脸一样凌乱,破涕为笑。

"那我明天搬?"

"嗯,明天我来安排。"

"戏会给我加,对吗?"

"对。"

他又点燃了一根烟。

"哥,我晚上能住在这里吗?"白雯说。

马叶说:"当然,当然……"

那一晚，白雯睡得很香，她让马叶抱着她。她感到，马叶在发抖，不知道是冷还是害怕。

那天晚上，外面的月亮好圆。

十三

深夜失眠时，尚鑫就在酒店里，打开窗帘，对着窗户外的夜色发呆。有时候，一发呆就是一整夜。

他关着灯，从酒店的高处往下看，有时候用手触摸着玻璃，傻笑两声，实在难受了，他就用指甲抠玻璃，发出"吱吱"的声音，再傻笑两声。

黑夜是漫长的，尤其对他一个人而言。黑夜意味着思绪万千，意味着孤独寂寞，连星星都有陪伴，为何自己如此孤单？

这一轮网络暴力对尚鑫造成的影响都写在了脸上，他的眼圈越来越黑了。

节目过后，王子齐团队很快找了公关公司，顺水推舟，把尚鑫"喜剧人"的人设建立起来。几条公关文、几个帖子发出去后，又买了热搜和头条，网上的评论变成了这样：

"这个光头好可爱，举手投足之间都散发着傻气。"

"对啊,他那种想认真又认真不起来的样子真有趣。"

"喜欢他。"

……

当然还有这样的声音:

"他竟然能连过两关,有内幕吧!"

"可惜文武这对双胞胎了。"

"这家伙和王子齐的CP叫'丑萌'组合。"

只要钱到位,只要有资源,舆论是可以操纵的。

一天又一天,他睡不着觉,眼睁睁地看着天亮。

那天,天已经亮了,他躺回床上,拿起手机翻看一条条留言。

其实处理过后的评论中,十多条褒奖里最多有一两条恶语相向。但他不知怎么,就是不会去关注赞美的评论,眼睛不受控制地放大那几条恶评,那些恶评让他如临大敌,挥之不去。

每次回复恶评后,更多的留言接踵而至:

"怎么这么没气量?"

"还名人呢!"

"赚那么多钱，骂你两句怎么了？"

更有这样的留言：

"看来夸他不回复啊，那我也骂他试试。"

几次回复，几轮交锋，他开始疲倦不堪。他终于意识到：自己在明处，而骂他的人都在暗处，自己是名人，那些账号连真实的人名都不是。

他退出了微博，在搜索引擎上输入了自己的名字，页面打开后，在知乎上，他看到了关于自己的帖子："如何评价尚鑫？"另一条帖子这么写："该扒一扒最近爆红的尚鑫了。"豆瓣上早已经给他的作品打满了一星。

这些文章看似很有道理，如果自己不是当事人，也会认为这个叫尚鑫的家伙有背景、有钱、有关系，认为这些扒他的人是对的。可是，尚鑫看着镜子里的自己，那个人怎么也不像他们描述的那般邪恶。

他把手机摔在地上，用枕头盖住了自己的头。此时，门被敲响了，传来一个声音："尚鑫老师，上午排练，都等你呢。"

尚鑫说："现在就出来！"

舞台上，尚鑫情绪低落，刚排练一会儿，就开始嘴唇发白，上气不接下气，说不出一句台词，他像是被什么东西卡住了喉咙。于是他用尽全力，使劲地吸了一口气，忽然眼前一暗，他"咣当"一声昏倒在舞台上。

尚鑫再次醒来时发现自己已经在医院里了，他睁开眼便看到王子齐坐在病床边，于是用尽全力，开了口："哥……你来了。"

王子齐点头，说："好点了吗？"

尚鑫哭了："我不知道为什么这么多人骂我……我好没用啊！"

王子齐说："我看到有很多人夸你啊！"

尚鑫的眼泪止不住："不，好多人骂我，好多人……我好没用，我是不是个废物啊？"

王子齐给尚鑫倒了杯水，递了过去，顺便扶他起来："弟，你不要太在乎网上的言论，只要是名人，谁还不会被骂上两句？何况，现在的人需要对自己在网上的言论负责吗？"

尚鑫说："那怎么办啊？我不想这么多人骂我，他们说的都是假的！"

王子齐说："你好好排练，我们已经安排法务部解决了。你要反击他们，就只能靠自己的作品。你的身体不能垮，身体垮了……就什么也没了！"

尚鑫咬咬牙："好，我不会垮的。"

王子齐把话题拉入正题:"所以,明天半决赛的节目准备得怎么样?"

　　尚鑫说:"放心吧,哥,应该——问题不大。我好点了,下午就去排练。"

　　王子齐点点头,尚鑫接着问:"哥,那白雯呢?她演上戏了吗?"

　　王子齐坏笑着说:"尚鑫老师交代的事情,还敢不照办?"

　　尚鑫也傻笑起来:"嘿嘿,我哪敢交代您啊!最近她没接我电话,我也不知道她怎么样了!"

　　王子齐说:"放心吧,可能刚开机,太忙了。她表现得很好,等你拿了冠军,我就安排你去探班。"

　　尚鑫说:"真的?"

　　"你先好好比赛。"

　　"嗯,一定不会让您失望。"

　　第二天,尚鑫顶着沉重的脑袋上了台,表演完,他浑浑噩噩地回到休息室,打给了王子齐:"哥,我觉得……一般,等投票吧。"

　　王子齐说:"没事,尽力了就好。"说完挂了电话。

　　王子齐深知,走到这一步,自己和经纪团队尽了全力。以尚鑫的实力,如果不靠他们运作,第一轮比赛就被淘汰了。现在他进入了半决赛,对手又那么强,越往上走,需要的花费和打点的资源就越多。何况评判的标准,是靠大家在网上一票一票投出来的。虽然投票也可以操作，但他算了算，觉得还是算了——价格贵到超乎预期。王子齐知道，一个节目的关键不是为了夺冠，而是看节目之外的部分：是不是得到了曝光率，艺人是不是获得了人设，有没有引起别人的关注。这些，决定他今后能否接到更多的广告。

想到这儿，王子齐也不在乎了，毕竟和张一的合作才是自己今年的重头戏。

他万万没想到，尚鑫呆呆傻傻、幽默搞笑的人设竟然深深扎入了现场观众的心。这次被尚鑫说是"一般"的演出，在网上再次引起了热烈讨论。这次，他在节目里自曝的每天排练睡不着觉的话，更是让无数网友疯狂地投票给他。

他再次晋级了。

站在舞台上，聚光灯打到尚鑫的头上，主持人问他："您晋级决赛的感受是什么？"

他说："我没想到——"

主持人问："没想到大家这么爱你，是吧？"

他说："我没想到这么容易。"

下面笑声一片。

"您还是很刻苦的！"

"是啊，我睡不着觉。"

主持人继续问："那二位觉得，这次决赛，自己会得到一个什么样的名次?"

同台的选手说:"能站在这个舞台上,我已经很高兴了,其他的,都不重要。"

台下响起掌声。

主持人继续问尚鑫:"您觉得呢?这次决赛,您会在什么位置?"

尚鑫忽然提高了分贝:"必须是冠军啊!"

王子齐在电视前看到尚鑫不知深浅的回答,笑着跟马叶说:"这小子,真是什么都敢说。"

马叶愣在那里,呆呆地看着手机。

王子齐说:"怎么心不在焉?"

马叶关掉屏幕:"没事,没事。"

王子齐说:"你抓紧给他找最好的编剧,写最好的脱口秀剧本,他拿不拿冠军,就靠这回了。"

马叶说:"好好,我问问编剧帮,看有没有好的编剧推荐。"

王子齐说:"别让人家推荐了,给肖萧打电话!"

马叶说:"肖萧不是写抗战剧的吗?我看过他的抗日剧,写得特别好。"

"你没看过他的脱口秀吗?他是脱口秀大师!"

听王子齐说完,马叶拿起电话,拨通了肖萧的电话:"肖老师,我是马叶,您最近干吗呢?"

肖萧说:"看电视呢。"

马叶说:"看什么呢?"

肖萧说:"最近有个小伙儿叫尚鑫,太有趣了,喜剧表演天才啊!"

马叶看了一眼王子齐,王子齐问:"有戏吗?"

马叶捂着电话,笑着对王子齐说:"成了。"

决赛前夕,王子齐找了最好的导演、灯光、录音、舞美团队,拿着肖萧的剧本找到尚鑫。尚鑫信心十足,满脸笑容,上台前,他见到王子齐,第一句话是:"哥,昨天我睡着了。"

王子齐也笑了:"看来势在必得啊!"

尚鑫说:"必须的,我今天就把肖老师的剧本,一字不差地背下来!把导演安排的动作都处理好,这次啊,保证一个错都不出!"

王子齐说:"你嫂子也来啊!"

"白雯呢?我两个多月没她消息了。"

"她在片场,放心吧,她会看电视。"

尚鑫说:"那我更要好好表演了!"

这两个月的封闭比赛,让尚鑫明白了一个道理:自己是有喜剧天赋的。当然,他不知道比赛背后的运作逻辑。他只知道,每次自己觉得不行或者一般,最后都能顺利晋级,所以,如果自己背下来做到不出错,岂不是无敌于天下了?

之前,自己之所以背不下稿子,是因为失眠影响了记忆和心情,但这次决赛前他竟然睡着了。现在,又有高人相助,自己也顺利背下了剧本,只要完美地按照剧本演完,冠军当然就是自己的。

想着想着,他笑了起来,一边笑一边跟王子齐说:"这次我肯定是第一!冠军!No.1!"

第二天,现场来了无数媒体,舞台也变了,据说赛制变了。王子齐、张琳提前到了现场,刚刚入座,张琳环顾四周便惊叫:"坏了!"

"怎么了?"

张琳说:"现场怎么没有咱们的粉丝团?"

王子齐看了看周围,惊奇地发现,观众几乎都举着另一个选手的粉丝牌:有些是灯牌,有些是横幅,有些还穿着印有偶像头像的衣服。他拨打了节目组主任的电话,对方关机。

"奇怪,不是说不允许带自己的粉丝吗?"王子齐说。

他又看了一眼评委组,没有一个认识的人。王子齐走到一个工作人员面前,说:"你们主席呢?"

工作人员说:"哪位主席?我们刚换了评审团。"

"什么时候换的?"

"昨天晚上。"

王子齐吸了一口凉气，回到了座位，对张琳说："坏了，有人操控比赛了。"

"知道是谁吗？"

"不知道。"

张琳点点头："那要不要跟尚鑫说？"

王子齐说："来不及了。"

两个人正说着，见尚鑫上了台。果然，台下没有一个观众鼓掌，只有王子齐和张琳稀稀拉拉的掌声。

几年以后，在尚鑫的葬礼上，王子齐和肖萧依旧认为，这是尚鑫表现得最好的一次，无论是体态还是声音，无论是剧本还是表演形式，都是大师级的表演。

其实比赛结束后，尚鑫自己也这么认为，他甚至认为自己的表现是完美的。肖萧也感叹着，这场脱口秀史无前例、无与伦比。

令尚鑫不解的是，到底是什么让自己输掉了比赛，错失了冠军？虽然有场外观众和自己的粉丝帮他打抱不平，但很快，他们就被另一个节目的热度吸引过去，这件事没人提及了。

尚鑫更不解的是，自己觉得表现一般的节目，都晋级了；而自己认为表现完美的节目，却让他失去了冠军宝座。

节目结束后，他想起了小时候学过的一篇课文：欧·亨利的《警察与赞美诗》，想坐牢坐不了，正准备改邪归正却被抓了进去。想着想着，他笑了。而这回，没有别人笑。

他说："真是造化弄人啊！"

倒是王子齐很会安慰人："弟，你不觉得现在出门都有人认出你了吗？"

"什么意思？"

"你火了。"

尚鑫摸摸自己的光头，说："也是，昨天还有一个姑娘跟我表白呢。"

王子齐笑了，说："看把你美的。"

十四

同样心里美的，还有白雯。

自从白雯搬到酒店公寓，气质变了，心态也变了。从忍受到接受，再到享受，她只用了两个月。她挺直了腰板，丢弃了灵魂。

人是易变的。她换了号码，做了新发型，改头换面，从里到外都变成了另一个人，从白雯变成了"清纯可爱"的白雯。

虽然她有时候也会想念尚鑫，但比起出名、赚钱，这些想念不值得她念念不忘。她的戏份越来越多，因为马叶的加持，她在剧组的地位也高了起来。导演从头天晚上调整剧本到当场调整剧本，仅仅是为了她。

张一在拍戏时经常抱怨:"这是我待得最艰难的剧组。"因为,她总是来不及背台词。

她发信息向王子齐诉苦,说谁也受不了今天要拍的戏却在前一天改剧本的剧组。后来她连抱怨都不抱怨了,因为他们一边拍戏一边改,来不及抱怨。张一只能现场背词,许多时候甚至都不知道自己演的是什么戏。

就这样,戏改着改着,马叶活生生地把一个特约演员变成了女主角,把女主角变得不伦不类。张一不知道为什么,台词说着说着就感觉自己变成了反派,更不知道剪辑之后会成什么样,每次在片场遇到方导和编剧,她刚抱怨两句,马叶就走了过来:"张一老师,以大局为重!"

方导在一旁,无奈地摇摇头。

张一在其他时间几乎见不到马叶,发短信给他也回复得很慢,可是,戏还要拍。张一也知道,这部戏只是试水,关键是王子齐正筹划的那部大戏,所以,她不敢多言,怕闹僵了不划算。

马叶之所以不接电话、不回信息,是因为很忙,忙着穿梭于家、片场还有白雯的房间。只要不回家,他就会跑到宾馆和白雯待一晚。白雯对他来说,有一种魔力,让他欲罢不能。

白雯也不傻,每次发生关系前,都提出自己的要求,有些是改戏，有些是加片酬，有些是具体的生活需求。马叶猴急地答应，完事后，抽着烟，开始后悔。

自己毕竟是大制片人，说过的话不能反悔，事儿若传出去，对谁也不好。

所以，马叶一方面满足着白雯的需求，一方面还稳着白雯的心态。除了戏，还安排她参加了一些短视频和广告拍摄。没多久，白雯也习惯了。她不觉得这是一种包养，而是一种交换，自己拿青春交换事业，拿美貌交换未来，有什么错呢？

更何况，马叶给自己带来的，是自己以前想都不敢想的奢望，她何乐而不为呢？

于是，马叶疯狂地满足着白雯，白雯也疯狂地满足着马叶。

拍戏本身就是一件痛苦而无聊的事情，那些住在剧组的人总想找点乐子，好让这些痛苦无聊的时光过得快一些。

几个月后，当白雯的姐姐和父母在电视上看到白雯，他们打来电话时，白雯才知道，自己已经正式进入演艺圈了。

渐渐地，她有了其他的戏，卡里的存款也在飞快地增加。她不仅住上了大房子，帮姐姐还了钱，还拥有了新生活。如今，她走在路上也需要戴口罩了。

她的生活开始改变了，面对媒体，参加活动，马叶安排的都是白雯。媒体遇到这样的情况很为难：一个新人，没有包装点，可既然是制片公司给的任务,又收了钱,再难也要硬着头皮解决。

于是,媒体给白雯设立了一个全新的包装点——清纯的高级脸。

这个标签,随着戏的热播,火了起来。

戏开播后,白雯用原来的手机号给尚鑫发了最后一条信息:"请不要再找我了,我们结束了。"说完,她抽掉了电话卡,扔了。从此,白雯从内到外,都变了。

收到信息后,尚鑫哭了几天。最终他还是删除白雯的号码,他知道,所有的事情都一去不复返,他们都变了。

这世界唯一不变的东西,就是改变。同样在改变的,还有王子齐。

他的下一部戏已经启动,这些日子,他一直和张一在一家酒店聊天。

这天,张一刷着手机,看到媒体对白雯的报道,她很是生气:"她是高级脸?那谁是低级脸?"

王子齐笑笑说:"估计是他们搞的宣传,别在意,你才是最高级的。"

张一说:"什么别在意?我跟她搭戏,宣传不喊我?还说人家高级脸,骂谁呢?哪能这么宣传呢?"

王子齐安慰她:"这都是小事儿,咱们今年的大项目才是重头戏!你要做一个好妈妈。"

张一看了看王子齐，撒娇地说："看在你的面子上就算了，不过，这些资源都要补回来！下次宣传我也是高级脸。"

王子齐点点头，笑着拍了拍她的头。张一很快安静下来，笑了。

张一崇拜王子齐，知道他能把一切处理好，她现在对王子齐的感情超过了一切。所以这部戏，她甚至没有谈片酬。

果然，这部戏播完后，火的不是张一，而是初次出现在荧屏上的白雯。

网上的评论清一色地嘉奖她：

"这姑娘真纯情！"
"是啊，一副楚楚可人的样子！"

也有负面评论：

"剧本真烂，前言不搭后语。"
"张一演的这是什么啊？心机婊！"
"怎么老欺负她？她好可怜！好喜欢她，她叫什么？"
"好像叫白雯。"
"也就她能看了。"
……

观众批评着这部戏,却总能绕回对白雯的表扬。

这些评论很多都是买的,同时也买了很多好评。网络上的舆论很容易操控,只要有人想被记住,就能被记住;想被遗忘,就能被遗忘,无非钱多钱少的问题罢了。

尚鑫本想忘记白雯,谁知打开电视就能看到她。热播剧提醒着尚鑫,这个女人曾经出现在自己的生活中,最后却离开了。他默默地在家看完了每一集电视剧。

每次白雯出现,他都会自言自语:"她一定不开心吧。"

说完,就对着电视发呆,泪流满面,接着赌气地关掉电视,第二天又会继续打开电视观看。

他知道,自己无力挽回和白雯的感情,他们都不是当年的自己了。他们拥有了人设,但没了人生。

好在,时间是良药,酒精也能治病。

每到深夜,自己睡不着时,他就打开一瓶十五年的威士忌,叫一些圈内的朋友,朋友又会带来一些女孩,在他的房间里通宵饮酒。一开始他还挺内敛的,后来但凡他喝得迷迷糊糊,身边总会躺着好几个姑娘。她们花枝招展,迎着青春绽放,她们坐在尚鑫的腿上,他们在睡梦中一起流浪。

所有人都睡着后,他还是会一个人对着玻璃窗发呆。有时候会

泪流不停,有时候会傻笑几声。他觉得自己孤单,他觉得自己是全世界最孤独的人,深夜里,他无数次地问自己一个问题:

"白雯知道是自己把她捧红的吗?"

他摇了摇头,自言自语道:"不重要了。"

他又问:"白雯这么红了,还会记得曾经的自己吗?"

他看了看身边睡着的姑娘,笑着摇了摇头,自言自语着:"不重要了。"

说完这些,他关上灯,拉上窗帘。岁月教会了尚鑫一个道理,人是会变的。这年头,谁也不会离不开谁,生活离开了谁都会继续,地球丢下了谁都会照常自转。

但自己始终忘不掉白雯。他夜晚睡不着觉,白天时常在工作场地昏倒。长期的失眠、昏倒让王子齐有些焦虑,最终他决定送尚鑫去医院检查。

检查结果出来后,尚鑫面对着报告单,终于知道自己睡不着的原因——重度抑郁症。

在医院门口,尚鑫显得异常平静,对王子齐说:"一个喜剧明星,患了重度抑郁症,是不是很喜剧啊?"

王子齐拍了拍他:"放心吧,世界上得抑郁症的人多着呢,能治!"

尚鑫说:"心病怎么治?"

王子齐说:"医生给你开了药,让你多一些运动,少一些担忧,最好别工作。"又继续说,"我觉得,这种病,多工作就好了,转移注意力比吃药强。"

尚鑫看着天空,没说话。

几天后,王子齐又给尚鑫接了一部戏。

尚鑫带着一车子的酒住进了剧组。

他的房间里都是酒:白酒、红酒、黄酒、啤酒、鸡尾酒……

起初工作人员还能把他喝得脸红,后来,他们都害怕跟他喝酒,因为尚鑫每次喝酒,都是冲着自杀去的,至少,是冲着第二天起不来去的。

酒越喝,病越重,于是,他一边病着,一边工作着。

在剧组里,各种姑娘依旧会来尚鑫的房间,他们花天酒地,日子也一天天过去。

王子齐期待的新戏即将开机,为了重新打造和树立人设,他们把剧名赤裸裸地定为《爸爸和妈妈》。开机前,王子齐总拉着张一聊剧本,说是聊剧本,其实聊着聊着就变成了聊家常。

聊高兴了,两人还会倒上一杯酒,庆祝新戏。庆祝来庆祝去,两人庆祝的主题永远是这部即将开机的戏。

现在,王子齐每次回到家,总会跟张琳说:"等这部戏拍完了,父亲的人设立起来,一切都好了。"

张琳却永远冷冷地说:"嗯,加油。"说完就回房间了。

他们的生活没变,但两个人都变了。

白雯在红了之后,对马叶的要求越来越多,虽然她的收入多了,但她的胃口和野心也变大了。马叶每次看着白雯微博上有了几百万粉丝,而且还在不停增加,都会情不自禁地颤抖着。如果一条微博写明当初发生的事,势必鱼死网破,两败俱伤。

为了摆脱白雯的要求,他花钱让白雯读了商学院。

在学校里,她认识了其他男孩,帅气、多金、单身,一些很有前途的男孩子进入了她的生命。

她惊奇地发现,原来很多人看过她的戏,认识她、喜欢她。在商学院的第一周她就明白了,外面的世界很精彩,马叶又老又丑又油腻,凭什么跟自己在一起?

于是,她跟马叶提出分手。

此时,反而是马叶故意装作不愿意,他打电话说:"那怎么可以?你花了我这么多钱。"

接着,白雯花了一大笔钱,买断了自己和马叶的关系。他们和平分手,彼此不再联系。

马叶收了钱,松了口气,笑了笑,他知道,一切都结束了。

接着,马叶进入《爸爸和妈妈》剧组,准备和王子齐的新项目。他告诫自己,不能再和处女发生关系,因为自己负不起责。

就在那个春天,中国电视节戏剧性地颁发了三个奖:

最佳喜剧人奖:尚鑫

颁奖词:他用生命完成了搞笑,用幽默完成了逆袭。

最佳男演员:王子齐

颁奖词:戏里戏外,他永远在传递着爱,传递着价值观,传递着家庭重要、妻子伟大的思想。

最佳女配角:白雯

颁奖词:第一次演戏,就用配角的光芒掩盖了主角。

那天的电视节上人山人海,像极了白雯和尚鑫的毕业典礼。不同的是,原来他们在台下,现在他们在台上。

那天的现场,是尚鑫和白雯分别后第一次相遇。他们一起上台领奖,白雯看着他笑了笑,尚鑫看到白雯,也勉强挤出一丝笑容。

他觉得那个女人好青春、好可爱,但也好陌生,陌生到压根儿不认识,不知道是酒精冲淡了他的记忆,还是她的变化惊人到自己不再熟悉。

上台前,白雯大方地伸出手:"尚鑫,你好,好久不见!"

尚鑫扭了扭脖子,摸了摸自己的光头,听着这句陌生的"尚鑫"而不是熟悉的"一休",接着他回:"白雯老师,您好。"

白雯捂着嘴笑了,她的眼睛里看不出一丝悲哀。

他们的交谈被摄像机拍了下来,放映在千家万户的荧屏上。

在观众看来，尚鑫很幽默，白雯很单纯，他们可能是第一次相见，但都很得体，都很符合自己的人设，没有崩塌。

王子齐拿奖时的获奖感言，还是那句话："感谢我的妻子张琳。"

只是，张琳此时并不在台下，她在电影学院上课。当然，观众会认为张琳在家看电视，他们会认为张琳感动得泪流满面，他们也会在网上继续感动着："嫁人就嫁王子齐，好男人王子齐！"

王子齐也符合自己的人设，没有崩塌。

这一年，是他们三个人设建立的一年；这一年，也是他们大红大紫的一年。

而这一切，刚刚开始。

第二章

我是谁

一

　　颁奖典礼后,尚鑫放荡的生活变本加厉。喝酒已经满足不了他,他开始长期出入夜店、酒吧,不停地更换女友。只要跟尚鑫回家的姑娘,都会被他深夜忽然醒来抓玻璃的声音吓跑。有些姑娘甚至连衣服都来不及穿,就落荒而逃。

　　失去爱情的尚鑫像是失去了一切,失去一切的尚鑫也逐渐不顾一切。

　　一段时间后,尚鑫的病情加重了,热闹弥补不了他的伤痛,混乱救赎不了他的睡眠。原来在舞台上、片场里忘词,他还能插科打诨糊弄过去，通过语言天赋，把忘词变成一个包袱。现在忘词，他只是愣在台上，五秒、十秒，有时甚至是一分钟，一个字也不说，导致每次他忘词时导演都不得不喊"cut"。几次后，尚鑫放弃了直播节目，准确来说，是直播节目放弃了他。

他整夜失眠，总在出门前困意来袭，眼前一黑，倒在地上。

睡不着、起不来、迟到、早退成了他的标签，变成了他在圈子里的新人设。

马叶跟王子齐沟通多次，建议中断和尚鑫的经纪合同，但王子齐因为忙于自己的新戏《爸爸和妈妈》，总说"等等再说"。

没人监督、没人交流、没人爱，尚鑫的生活开始恍惚，虽然有了钱，他却不知道赚钱的意义，这使他的病情更重了。

酒精和病魔严重影响了他的工作。

终于，他的这一行为造成的严重后果，在一个剧组里，爆发了。

这是尚鑫拍这部戏时第三次迟到，整个组的人都在等他，无法开机。

在剧组里，每分钟都是钱。

六点要求到场化妆，可到了十点，尚鑫才蓬头垢面地到了片场。他看着几百号人怒气冲冲地看着他，脱口而出："对不起啊！各位！来晚了。"

尚鑫说完，走进化妆间。

导演跟了进去，一巴掌拍在桌子上："尚鑫老师，您能有点职业道德吗？三天了，每天整个组都在等您，今天又不能按时收工，损失您来承担吗？"

尚鑫说："对不起，导演，我实在起不来。"

导演说："您这么迟到，可会有人说您耍大牌啊！"

尚鑫像是被触碰了开关，气得忽然站了起来，当时化妆师正在给他修眉毛，一下子刮到了他的脸，吓得把修眉刀扔在了地上。

尚鑫扯着嗓子喊着："我怎么耍大牌了？我又不是故意迟到的！我是真的不太舒服……"

导演和化妆师看着他的脸，吓了一跳。一道血从尚鑫的脸上迸裂开来，不一会儿，他的脖子和衣服领子都变成了红色。他却毫无知觉地继续喊着："我有病，我是病人啊！"

化妆师吓得动弹不得，导演一边拿着纸巾按住他流血的脸，一边拿着对讲机，说："今天停拍！"

导演冲着化妆师喊："你愣着干吗？送他去医院啊！"

尚鑫这才意识到自己的脸迸出了血，化妆师也才如梦方醒，用纱布捂着尚鑫的脸冲出片场。

导演回到监视器旁，许久，他叹了口气："要换演员了。"

一个演员，不能在前面的戏里没伤疤，后面的戏里脸上就多了一道伤疤，会穿帮。尚鑫克服不了早起的困难，可以凑合，但是脸上留下疤痕怎么也没法将就了。

几天后,一条新闻上了热搜——《尚鑫耍大牌,被导演换掉》。

这条新闻写着:

> 自从尚鑫火了以后,不仅拍戏价格提高了,还长期迟到于各个剧组。终于,导演忍无可忍,疑似动手打了他,他捂着脸跑出了剧组,之后,该剧就换了演员。

这条新闻,明显是现场的一位工作人员接受采访时说的。当天,导演出来辟谣,但热搜的热度一点没下降,许多人一边说着求辟谣一边转发。

尚鑫的脸上缝了五针,一直在家休息。这条新闻是尚鑫的姐姐转发给尚鑫的,还加了一句:"低调点。"

他看完新闻,只是默默地回复了姐姐一句:"知道了。"

"你什么时候安排我跟王子齐见一见啊!"姐姐发来一条语音。

尚鑫听完这条语音,关掉了手机。

说完,他打开了一瓶酒,一个人把音乐调到了最大声,喝了起来。

正喝着,听到有人敲门,他打开门,是王子齐。

王子齐说:"手机怎么关机了?"

"不想看那些新闻。"

王子齐走到音响前,把音乐调小:"大白天又喝呢!"

尚鑫没说话,喝完了杯中酒,又倒了一杯。

王子齐笑着说:"网上的消息,我知道是假的,正在公关,别担心。"

尚鑫说:"嗯。"

"你后面的戏,我都取消了。"

"谢谢。"说完,尚鑫又喝了一杯。

王子齐说:"都有瓶颈期,但弟弟,我这部《爸爸和妈妈》,你还是来客串一下。"

尚鑫抬起了头,说:"能让我休息一下吗?"

王子齐说:"你这不正在休息吗?"

尚鑫又喝了一口:"这不是我想要的生活!"

王子齐坐了下来,也倒了一杯酒,说:"那你说想要什么生活?这么大的房子,一辈子喝不完的酒,还有那么多姑娘,你还想要什么?"

"我不知道。"尚鑫目光呆滞地说。

王子齐说:"这样,这部戏,我给你加百分之五的工资。"

尚鑫说:"哥,不是钱的问题,钱没意义。"

"白雯还没翻过去呢?"

尚鑫说:"我觉得精神状态不好。"

王子齐笑着说道:"弟,我向你分享个理论啊,一个说自己精神状态不好的人,是不可能精神状态不好的。相反,只有那些默默不语的人,才是精神状态不好的。"

尚鑫斜眼看了他一眼。

王子齐继续说:"就好比那些口头禅是'我要死'的人,是绝对不会自杀的。真正自杀的人,永远是忽然就没了,默默地没了。"

尚鑫笑了:"行了,什么角色啊,我演还不行吗?"

王子齐说:"为你量身定制的角色。"

尚鑫说:"就是一个没用的、脸上有疤的重度抑郁症患者?"

王子齐说:"瞎说,你是我最优秀的弟弟。"

"好,演什么?"

"演一个被劈腿的丈夫。"

尚鑫笑了说:"这跟我有什么关系,我连女朋友都没有。"

王子齐说:"这个丈夫是喜剧演员,跟你有关;劈腿是剧情需要,跟你无关。"

尚鑫点点头,微弱地说了声:"知道了,什么时候去拍?"

"半个月后。你别着急,多休息几天。"

"嗯。"

王子齐离开了。

自从检查出抑郁症,尚鑫就开始暴饮暴食。其实他对这些吃的东西并不感兴趣,但就是不停地吃,停不下来,吃完就吐,吐不出来他就用手抠出来。因而,他越吃反而越瘦,肚子上的肉都没了。

他无心回复网上的信息,更不想回复那些说他"耍大牌"的人,王子齐的公关团队回复了几次,效果糟糕。

一说到身体问题,大家的回复都是:"看来公关团队和他一样幽默。"

时间是证明一切的良药,所有热点最终都会烟消云散。只是没想到,几天后,事件升级了。

导演协会的一名导演在网上实名发了一条微博:

一位尚姓演员:鉴于你多次迟到、早退,我先正式上报总局,恳请永久封杀。一个剧组,不能总是因为个人,让所有人等待,开不了机,无论什么原因都不行。

发这条信息的导演,和尚鑫合作过,但戏并没有大卖,甚至亏得一塌糊涂。

这条微博瞬间被转发过万条,当夜,舆论哗然。很快,这位导演之前的作品被搜索出来,接着,和他合作的姓尚的演员也浮出水面。

"看不出尚鑫是这么一个人。"

"作品不错,人品也太差了!"

"一点点成绩就沾沾自喜,这种人走不远的!"

一条条留言,从这条导演的微博,蔓延到了尚鑫的微博,接着,知乎上又多了许多相关问题:"怎么评价尚鑫这次耍大牌?""尚鑫是不是特别有钱?""尚鑫背后到底是谁?"

深夜,著名演员白雯转发微博:"导演,他有抑郁症,是个病人,请您多体谅些!"

一小时后,这位导演转发式地回复:"如果有抑郁症,该去看医生,为什么还要出来接戏?"

瞬间,夜猫子沸腾了。

从那天晚上开始,白雯也暴露在了公众视角面前,狗仔也开始深扒白雯。

微博事件的第二天,关于白雯的消息铺天盖地被扒出,连当年他们的大学同学都发了帖子,蹭着热度。

热情变成了热闹,攻击变成了功利。

这次网络攻击持续的时间很长,最终,事情从一件事情,变成了另一件:

白雯在船上和一名年轻男子的照片因为这波热潮被传到了网上，公众猜测那个白衣男子就是最近当红的媒体人张弛。他们怎么在一起的？舆论再次哗然。

记者给白雯打电话，关机，下落不明。

二

白雯和马叶分开后，读了商学院，成立了自己的工作室。说是工作室，其实工作室里的成员都是自己的亲戚，几个姐姐和远方亲戚都来了。她谈了几次恋爱，分了几次，现在对外还是单身。恋爱是她的跳板，让她越跳越高。

工作室越开越大，后来姐夫们也加入了。

没过多久，整个工作室被一家大公司买走，摇身一变，她也成了一个小老板。接下来，她就要洗白过去的事，巩固之前的人设。

她习惯了用这种方式交易。在她眼中，恋爱、婚姻都是筹码而已。久而久之，她忘记了什么是爱情，那种爱的感觉与她渐行渐远。她成了个小明星，粉丝们喜欢她微笑的样子，说她笑起来像个单纯的孩子。

读完商学院之后，她又拍了好多戏，这些角色，都跟她原来的角色定位一样——单纯、可爱。

用姐姐的话说:"咱们可不能接那些毁人设的戏!"

这几年,她一直在演单纯女孩、职场小白、初恋姑娘,没有演其他角色,更没人找她演其他角色。

倒是白雯想试试新的角色时,姐姐们最先着急:"妹妹,你想想,光咱们公司,跟您人设相同的,至少十个!咱们先把这个清纯人设演到深入人心、不可替代,再说转型的事!"

"我只是从一个角色到另一个角色,怎么就转型了呢?"白雯好奇地回答。

"那您要问观众答应不答应了!"姐姐们不屑地说。

粉丝绑架了偶像,人设绑架了演员。

就这样,她一直在演这个类型的角色,越巩固这个人设,知道她的人越多,她越难走出戏中角色的影子,就越多这样的戏找上她。慢慢地,圈子内外都接受了白雯的人设,她在圈里的人脉和资源也多了起来。说到白雯,大家想到的永远是"清纯可爱",当然,还有那个曾经莫名其妙的"高级脸"。

那天白雯刷微博,发现热搜上的自己又是"高级脸",于是叫来经纪人:"这都谁发的公关稿?"

经纪人看完新闻:"怎么了?"

"刚出道的时候是高级脸,现在还是高级脸,我要高级几年?"

"高级脸怎么了?"

白雯说:"什么怎么了?这是当时没素材的时候发的,现在还没素材?"

经纪人说:"哎呀,粉丝不会这么想的!"

"你们能用一些新词吗?就这种文化水平?"

"我们没读过书,您也是知道的,哪有好的写手啊?"

"那就找!今天找不到宣传点就别下班!"白雯喊了出来。

她厌倦了整天以单纯可爱的样子出现在公众面前,这些年,自己的变化很大,甚至一部分命运已经掌握在自己手上。她反感整个团队里连个会写宣传语的人都没有,全是一帮混吃等死、不求上进的人。

经纪团队想了半天,找到白雯:"要不然还是老办法?"

白雯拍了拍她的脑袋,说:"姐姐,你们还没玩够呢?"

经纪人说:"这不是救急吗?"

白雯说:"那也不能总炒绯闻!一次次的,粉丝会把我当成什么?公共汽车?"

"不会不会。过几天,您再发个声明说都是谣言,保留起诉的权利,不就行了吗?"

白雯叹了口气:"你们真的没办法了,是吧?"

经纪人说:"这不都是为了曝光吗?"

白雯瞪了她一眼："那你们去做吧。"

这已经不是经纪团队第一次用这样的方式为她炒作了——他们先找个营销号，说拍到了白雯和这部电影的男一号在什么地方约会，然后怀疑两人关系密切，非同一般。等到这件事闹得满城风雨、家喻户晓，白雯再发微博，说："这一切是谣言，我保留对此类诬告的追诉权。"

事情止住，不过，热度不会减，热度会从人散播到作品，人的目光和注意力会留在这部作品上，接着公众会为这部作品花钱。这样一来，自己的名誉保住了，也吸引了公众的注意力。

在互联网的世界里，注意力流向的地方，就是钱流向的地方，而艺人，就是尽自己的全力吸引世界的注意力。

白雯讨厌这样的宣传，有时她甚至怀念马叶在的日子，至少那位大叔的宣传是有内容的、不低俗的、有效的。

她做梦都期待着，能有一位宣传总监加盟，这个人会写作，有把握热点的能力，对文字有着强烈的敏感度。

连续几天，她面试了不少人，却找不到自己心里期待的宣传总监——要么是能力不够，要么是理念不同。一天晚上，她和最后一个面试者交流完，疲倦地靠在椅子上，刷着网页，搜索着自己的名字和相关的新闻稿。那些千篇一律的内容让她反感，那些一模一样的炒作让她无奈。

刷着刷着，忽然，一条新闻映入她的眼帘:《白雯单纯，但不蠢》。

她打开文章，出自一个娱乐自媒体号，作者叫张弛。她抱着警惕的心态看完了这篇文章，结尾处，自己打了个哆嗦，立刻打给了经纪人，说："我推送你一篇文章，我们什么时候能有这样的文笔、这样的内容？有这样的内容，还用花钱做其他宣传吗？还用花钱买热搜吗？"

她继续说："这两天安排时间，我要见张弛。"

张弛比白雯小几岁，靠写娱乐新闻起家。自媒体爆炸的那几年，因为毒舌的态度和非比常人的新闻角度，他的自媒体账号粉丝很快过了百万，年纪轻轻，就成了娱乐圈的红人。

他和白雯在采访中认识，经人搭桥，白雯在他的平台上做过电影宣传、参加过采访。此前，白雯并没有关注过张弛的文采，只知道他是个小男孩。

但张弛是白雯的粉丝，几年前白雯出道时，他还是个宅男，宅在家的时候就看她演的戏。他喜欢她的纯洁，尤其是戏里的她，单纯可爱、没心眼。白雯的笑容，是他在娱乐圈里见到的为数不多的真诚的笑容。

他们有过工作上的合作，但私下很少联系。张弛黑过很多明星，但对白雯，他永远是粉得多、夸得狠，像对待自己的青春一样。

两天后，白雯到张弛的采访室进行一场活动。一见白雯，张弛还没来得及开口，白雯就先说了："好久不见。"

张弛说："是啊，白雯老师，别来无恙。"

白雯说："想你了，来上一下你的节目。"

张弛脸红了，辩解着："那咱们开始？"

说着，他们走进采访间。

张弛是一个爱干净的男孩，采访间的灯光很暗，一张长长的桌子，对角有两把椅子。房间里放着一墙的红酒和一柜子的茶，白天喝茶，夜晚喝酒。桌子上零零散散地放着一些稿纸、录音笔——看得出，他是个很专业的媒体人。

白雯入座，张弛拿出录音笔，正准备打开，白雯问："您最近有什么打算吗？"

"什么？"

"我的意思是，除了写稿，您最近还有什么打算吗？"

张弛以为白雯在问自己的情感状态，于是回："还没遇到合适的呢。"

"想找什么样的？"白雯也笑了。

"清纯可爱的，笑起来迷人的。"

白雯笑了笑，清纯可爱，十分迷人。

说着，张弛打开了录音笔。

"咱们开始了啊！"张弛说。

白雯点了点头。

"网上说,您和某位大明星的绯闻……"

白雯说:"当然是假的,我还单身!"

张弛笑了,继续问:"那最近会有什么打算吗?"

白雯笑了,笑得不好意思:"如果有喜欢的,当然会!"

张弛也笑了,问:"您喜欢什么样的?"

白雯笑着说:"有才的,年轻的,帅气的。"

张弛笑了,说:"那不就是我吗?"

白雯说:"就是你啊!"

"这段我可不能写进去啊!"

"你可以写!"

张弛和白雯一起笑了。

张弛关掉了录音笔,说:"其实我没什么想采访你的,我对你太了解了,我能很快写出一篇稿子。"

白雯走了过去,把脸凑得很近,问他:"既然你这么了解我,我就说实话了,你想不想跟着我干?"

张弛往后退了一步,脸"唰"的一下,红了。

三

张弛拿出一瓶红酒，放在桌子上。经纪人走过来，摇摇头。

他们聊了很多家常。

每次张弛想把话题引向作品，白雯偏偏都不接茬儿，只和他聊生活，不谈工作。

张弛和白雯的"采访"进行了一个多小时，已经超过了经纪人之前谈妥的时间。本应张弛问白雯，现在却是白雯不停地问着张弛今后的打算。张弛本来就喜欢白雯，她这么一问，更无法进入工作状态，一会儿捂着脸笑，一会儿捂着嘴笑，电脑在桌子上，就写了几行字。

经纪人再次走进采访室，打断了两人的交流："白雯老师，时间差不多了，一会儿还有个采访。"

"好的。"白雯转向张弛，"张弛，我说正经的，我很喜欢你，如果可以，希望能天天看到你。"

"我也想天天看到您。"张弛说。

经纪人："白雯老师，时间……"

白雯站了起来，张弛看了一眼电脑："白雯姐……还能再谈点吗？我想给您再润色一下。"白雯说："就是说之前谈得一般呗？"

张弛忙说："没有，没有，就是……还能再润色一下。"

白雯看了眼经纪人，使了个眼色："晚上那个局，你自己一个人可以吗？"

"好，那我一会儿来接您？"

"不用，等我电话就好。"

经纪人点点头，明白了白雯的意思，出门了。

张弛叫了些外卖，打开桌上的红酒，拿出两只杯子，倒满，两人一边喝一边聊了起来。

酒过三巡，饭过五味，张弛打开了话匣子。他说着自己的媒体理想，吹嘘着自己的文字功力。白雯在桌子的对面，咧嘴笑着。那笑容，让张弛的话更加密了起来。

"我能坐你身边吗？"白雯打断了张弛。

"什么？"

"我喝得有点多了，你说的话听不太清楚。桌子太长了。"白雯说。

"你不能坐我身边，但我可以坐你身边。"酒壮了张弛的胆，说完，他走了过去，坐下时，顺势吻了过去，白雯闭上了眼睛。

白雯从鼻子里喘着气，张弛从鼻子里吸着气，张弛闻着白雯体内的香味，觉得无法自拔地被控制了双手，醉醺醺地解着白雯的衣服。白雯配合着，什么话也没说，被动模式让张弛更加失控，他疯了似的解掉了白雯所有的防线，完成了所有的动作。

激情中，不知道是谁打碎了桌子上的酒瓶，那一阵阵呻吟让张弛欲罢不能。他抽动着身体，白雯咬住自己的下唇，在最后一刹那，张弛极大地满足，像一匹野马，飞驰过去，瞬间，感觉灵魂与她融为了一体。窗外的一列火车进了山洞，发出轰鸣的声音。

伴随着白雯的呻吟，他用力地把白雯搂在了怀中。

工作室的地板上一片狼藉，录音笔摔在地上，高脚杯倒在桌上，酒瓶摔碎了，红色的酒洒了一地，采访纸肆意地飘落在地，不情愿地分散在地板的中央，一只高跟鞋靠在墙边，一旁倚靠着一只锃亮的皮鞋。

许久，张弛坐了起来，白雯瞪大眼睛看着他，单纯可爱的眼睛穿透了他的灵魂。他想起了她塑造的那些单纯的角色，瞬间，心碎了："对不起啊！"

白雯吸了一口气，穿上刚被脱去的"防线"，坐回对面的椅子上，扶起酒杯，用餐巾纸擦着地上的红色，没说话。她习惯了这些男人在完事后的胡言乱语和不负责任的言谈，她知道，沉默是最有力的武器。

"姐，你是第一次吗？"

白雯还是没说话。沉默却扎透了张弛的心。

终于，张弛退回了最后的防线："我会负责的！"

白雯"扑哧"一声笑了，她想起了马叶的狼狈，想到那些男人说的话,这一比,张弛还真是个小孩子。

"你笑什么?"

白雯捂着嘴:"还喝点吗?"

张弛穿上裤子,站回桌子前,不知道应该坐在哪儿。

白雯拍了拍椅子,看出了他的无奈:"来,坐这边吧。"

张弛站在原地。

"怎么?都这样了,还不过来坐?"

张弛走了过去,坐在了白雯身边。时间像被定格了,他不知道说什么,觉得此刻说什么都不对。白雯仍旧故意不说话,转动着酒杯,酒杯和酒摩擦的声音在工作室里显得那么突兀,像是一个不听话的孩子,在音乐会上大吵大闹。

许久,张弛说:"咱们……算一夜情吗?"

"你觉得呢?"白雯说。

"那咱们……算谈恋爱吗?"

白雯笑了:"你觉得呢?"

"我觉得算。"

白雯停止了笑容,她的心忽然被暖到了,这种感觉,这种真诚和炽热,似曾相识,她几乎要本能地喊出"一休",但很快收住了:"那,张弛,你愿不愿意跟着我呢?"

"我愿意!"张弛的眼睛里,多了许多坚决。

白雯站了起来，走向门口，她一边从衣架上拿衣服和包，一边说："那你负责我的所有宣传工作，我给你发工资。"

"我不要钱！"张弛说。

"好好写啊！"说完，她摇摇晃晃地走出张弛工作室的门，留张弛一人待在原处，愣着出神。"嘭"的一声，张弛如梦方醒，他回了句："我会的！"

当天晚上，张弛辗转反侧，夜不能寐。虽然醉酒，但那些细节历历在目。他明白，自己爱上了这个荧幕上单纯的姑娘，也许她在现实里也是个单纯的姑娘呢。虽然她比自己大几岁，但岁月的沉淀和阅历让她更吸引自己，如果可以，他愿意为她付出全部，包括新闻理想。他后悔为什么不让她留下，后悔为什么在她出门时一句话也不说，想着想着，他坐了起来。深夜，他打开台灯，坐在电脑旁，开始疯狂地敲打键盘，打着打着，天亮了。

第二天，一篇《什么是单纯至极的女孩》刷爆了朋友圈，之后登上热搜，大家讨论着、议论着、评论着。这篇文章的作者是张弛，主角是白雯：

当你第一眼见到她时，看到她的微笑，就知道她注定不适合这个混杂的圈子。圈子里有污泥，她是荷花；圈子里有雾霾，她是那阵清风。每个人都要用自己的方式在社会上生活，就好比阮玲玉，如果再给她一次机会，她会不会不再选择这个圈子？我想，她也会，生活不易，只要内心纯净，在哪儿都能有纯洁的泥土。和她第二次见面，能感受到，她的眼睛里，写着简单。那种简单，要么是爱，要么是经历了复杂依旧愿意相信美好的决心。

　　白雯在办公室里，拿出手机，微笑地看着这篇文章。

　　经纪人拿着手机，冲了进来："效果真好，已经300万阅读量了！"

　　"我看了。"

　　"看来他不是总那么毒舌啊！这次很温柔啊，用了这么多好的形容词。他会来咱们公司吗？"

　　白雯笑了："会。"

　　经纪人也笑了："姐，你脸红了！"

　　白雯说："瞎说，妆还没卸！"

　　"还是您有本事。"经纪人笑嘻嘻地走了。

　　经纪人一走，白雯就发了一条短信："什么时候来？"

　　一会儿，张弛回复着："晚上有安排吗？"

　　"没有，怎么了？"

　　"我带你去个地方。"

　　"好。"

当天傍晚,两人在一个公园见面。公园的旁边,是一所大学,公园的里面,是一片安静的湖,几只小船和白鹅徘徊着、游动着、放肆着。风吹着来来往往的人,刚下过的小雨,让公园更富生机。那些绿色的树,弯着腰,摇曳着,像是一个个活灵活现的小人儿。

入口处,白雯戴着口罩,问他:"为什么约在这儿?"

张弛说:"我觉得你会喜欢。"

张弛买了两张票,租了一只小船。船上有个小隔间,在里面可以喝茶、听音乐。船夫在外,两人在内。船夫在公园里的湖面上,荡起了双桨。

"不会有人认出我们吧?"白雯说。

"不会,天一会儿就黑了。"张弛说。

果然,一会儿夜幕降临。路灯亮起,白雯和张弛坐在船上,偶尔能看到学生模样的情侣,自驾着小船,超过他们的船只。

伴着微风,听着音乐,白雯把头探出船外:"真好。"

张弛恍然回答:"哪里好?"

白雯笑着说:"你写得真好。"

张弛脸一红:"还有哪儿好?"

白雯说:"这里也好。"

"我就知道你喜欢。"

两个人安静下来,吹着湖面的风,听着船里传来的音乐。

张弛不能理解白雯为什么只字不提昨天发生的事情，白雯也不理解为什么张弛约她在这么一个地方见面。

直到白雯看着路边，看到一些学生来来往往地奔跑着，他们自由地喊着、跳着、笑着、吵着。风吹乱了她的头发，吹静了她的心，她才意识到，张弛应该是把自己当成戏里的那个人了。

白雯说："那些是学生吧？"

张弛顺着白雯的目光看了过去，也说："是啊，多单纯啊，像你一样。"

白雯的眼睛呆滞了："人和人设是不一样的。"

张弛凑了过去，凑近白雯："那你是哪样的？"

"你知道，湖面为什么荡漾吗？"

"因为有风。"

"如果没有风，湖面还会荡漾吗？"

"当然不会了！"

"也会。"

"嗯？"

"平静的湖水下，都是数不清又看不见的暗流，那些东西相互制衡，才能有平静的湖面。"

张弛听出她话中有话："那你说，湖面下是什么呢？"

白雯慢慢地说："是复杂，是复杂不堪的环境，是你从未见过的生活,是困住你的海草,是让你无法自拔的泥。"

说到这儿,白雯的眼眶红了。

白雯已经忘记自己多久没流过眼泪了,她不知道自己为什么要和张弛说这些,她更不清楚,为什么自己的鼻子酸酸的。自己已经好久没有向他人说起过自己的生活,回忆自己的过去了。

"你别哭,我答应你,明天就入职,好吗?"

白雯哭得更凶了。

她想起了好多事。从大学起,她就在追求顶峰,从一个跳板跳到另一个更高的跳板。她习惯了村里人的冷言冷语,习惯了贫穷,也习惯了没人搭理、没人高看的生活。

进入这个圈子,她无时无刻不在受着委屈,那些自己遭受过的冷言冷语、孤单寂寞,她对谁也没说过,自己早就忘记了爱情的滋味,甚至在孤单时想念过尚鑫,但又能如何呢?那时候,她还一无所有,却拥有爱情这样的奢侈品;现在她拥有了一切,却弄丢了那个珍贵的人。

她选择了自己一个人摸爬滚打,于是一路爬啊爬啊,达到了自己想要的目标之后,再去追求新的目标。可是,当目标一个个达成,她忽然迷茫了,她问自己,爱情是什么?自己是谁?

想到这里,白雯的眼泪流了下来。张弛见状,紧紧地搂住了她,她倒在他的怀里,觉得他的身体里有一股很暖的气息,扑面而来,温暖得她竟然感受不到风在吹，感觉不到暗流正拼命地涌，感受不到路边的狗仔正在疯狂地拍摄着。那些长焦镜头，正痴情地借着微弱的光，贪婪地从小船的缝隙、窗外、门缝记录着隔间里的一举一动。

白雯在他的怀里，一动不动。

微风还在吹，音乐还在放着，船穿过一个桥洞，暗下又亮起，光打在白雯的双眸上，她张开了嘴，对张弛说："你想听听我的故事吗？"

四

"故事是生活的比喻。"这是故事大师罗伯特·麦基说的，也是张琳在电影学院学到的。

张琳考上电影学院后的第二年，为了重拾技能，不仅选修了许多课程，还经常出席影视圈的活动，从幕后回到了台前，她的这一举动让狗仔确认了他们家发生了变化。而此时，王子齐和张一的新戏在筹划许久后开机了。

这部有关父母和子女教育的戏，受到了广大媒体的关注。他们关注的内容有两点：第一，两位当红明星、超强的制作班底，到底会制作出什么样的剧？第二，王子齐的老婆张琳为什么没有参与合作？

王子齐是这样解释的："老婆考上了研究生，她对艺术有更高的追求，我尊重她的选择。"

另一边，媒体采访不到张琳，因为张琳拒绝接受采访。王子齐的这条新闻被无数人看到后，"好的男人就是无条件支持自己老婆读书、工作的男人""好的女人就是近可以持家、远可以赚钱"等语录再一次传播开来。

马叶给王子齐发了条信息："行啊，你这还没开拍，已经刷爆网络了。"

王子齐回复了四个字："轻车熟路。"

许多人都期待着王子齐、张一的第一次合作，只有圈内人知道，这是他们第二次合作了。上一次合作，张一在明，王子齐在暗，捧红了白雯。

在这次开机前，王子齐天天和张一在一起，不是在张一的家里，就是在宾馆的总统套房里。有时带着编剧，有时带着导演，有时就他们两人，一遍遍地过着剧本，有时感觉到了、感情来了，甚至手握着手，在彼此怀中撒娇。他们在房间里体会着剧本里的角色，越来越深入，逐渐无法自拔，一来二去，两人的感情"升华"了。

那些台词，挑逗着，吸引着；这些动作，黏糊着，柔情着。戏里戏外，他们融为一体。

王子齐期待着开机,因为这部戏对他太重要,一旦播出,他的人设必然会重新深入人心,自己也能重登人生巅峰。

　　开机仪式上,剧组杀完乳猪、烧完高香后,张一当着所有媒体的面,打情骂俏地说:"老公,我们什么时候开机啊?"

　　王子齐也接得住:"老婆,下午就开机。"

　　现场哗然,但仔细一想,这不就是一个演员的素养吗?深入戏中,不分戏里戏外,提前进入状态,说不定,这个对话就是台词呢。一想通,大家就一起笑了。记者陶红在一旁,"唰唰"地写着。

　　王子齐白天和张一拍戏,晚上回到宾馆就和主创团队看粗剪,和导演商量第二天应该怎么拍。他是个戏痴,只有投入在戏里,才能获得重生。这一切,因为有张一的陪伴,更是变本加厉。

　　夜里,张一一边提出自己的看法,一边和王子齐沟通着怎样才能更好地表现出夫妻的恩爱、父母的责任。两个人时常等到导演团队都睡了,还在一个房间里沟通着,一聊就是一夜。

　　狗仔拍不出什么,因为狗仔在片场分不清这是戏里还是戏外,更怕爆出绯闻后,其实是两人对演技的探讨,反而帮忙点了把火,增加了公众对两人专业性的认可。

　　于是,几个狗仔一商量:算了,这里要是没啥新闻,就换个艺人跟,反正又不是只有这个艺人有大新闻。

　　把感情放在台面上,王子齐反而安全了。

戏就这么一直拍着,从一个场景换到另一个场景,从天亮到天黑。一个月后,小演员进组,人物关系也从夫妻两人变成了一家三口。王子齐终于在戏里,有了自己的孩子。这是王子齐第一次演父亲,为了做好功课,他看了很多育儿书,学习如何成为一个父亲,想了很多处理父子关系的套路。孩子进组后第一天,王子齐看着这位小演员,演着演着,忽然哭了。

张一在一旁,递过去一张纸,小声地说:"你肯定会有的啊!"

"一定会有的。"

王子齐没想到自己的内心深处真的想成为一位父亲,他厌倦了活在不真实的环境中,讨厌活在虚伪的感情里,但又无能为力地承受着,谁叫那是自己的人设呢?

小演员进组后,主演变成了三个人,只是,每天晚上聊剧本的,还是王子齐和张一。渐渐地,连导演组也不去聊剧本了,只剩他们两人,大家也习以为常地认为他们可以在一个房间里待到很晚。

久而久之,两人从在工作室彻夜不归,到工作室多了两张床,到两张床变成一张,最后王子齐就住在了张一的房间里。

整个剧组的人都习惯他们假戏真做,谁也不会多说什么,戏里是一家,戏外似乎也可以是一家。

这样的关系,有助于这部戏拍完、拍好,有助于早收工,更何况,这些游走于江湖的剧组人,谁还不知道,剧组是最能升华感情的地方呢？

就在他们以为能顺利地拍摄到杀青时，张琳来探班了。

五

张琳自从读书后，便不再探班王子齐的戏，原因是自己不想演了。

她在学校认识了表演系的一个老师，两个人很快成了好闺密。张琳一五一十地告诉她，自己和王子齐的感情早就破裂了。老师沉默了一会儿，说："我建议，你去看看他，看看能不能挽回。"

张琳问："什么意思？"

"一个演员，如果人设崩了，什么都没了。他没了，你也没了。至少现在他是你的丈夫，你要陪他演好这出戏。"

"总是演戏很累。"

"在这个世界上，谁不是每天在演戏呢？"老师说。

这句话触动了张琳，的确，如果王子齐的公司没了，别说自己买不起包、住不起房了，连自己的学费都成问题。

几天后，张琳飞到了上海去看王子齐。到了剧组，已经是早上，演员正在定妆，导演赶着拍摄进度。此时，一个戴着墨镜的女人，悄悄地坐在了导演的后面。她静静地看着大监视器，一句话也没说。

工作人员看着这位气场不凡的女士，都以为是演员朋友或是制片组派来的人，没有在意。

导演也意识到了这位坐在身后的不速之客，本想发问，后来一想，也没必要，知道通告位置时间的，不会是外人，于是就开始了下一镜。

在这一场中，只有王子齐和他的儿子。从镜头里看到了王子齐和孩子，张琳的心忽然软了下来，她越看越感动，心里一遍遍盘算着：如果这个孩子真是自己的就好了。

张一定好妆，去找导演聊细节，刚到导演组，就认出了张琳——这个王子齐一遍遍在公开场合说的爱妻。她惯性地向后退了一步，差点撞到了正要进门的王子齐，王子齐"哎哟"喊了一声，张一脱口而出："琳姐——"

王子齐向前一步，没等张琳摘下墨镜，也没等导演起身，他的脑子就"轰"的一下炸了。

他不知道当着张一的面，应该叫张琳什么，是叫老婆，还是叫亲爱的？倘若叫张琳老婆，那张一该叫什么？倘若叫亲爱的，张一该怎么想？他的脑子搅成了好几条麻线，竟也脱口而出："你怎么来了？"

剧组这才知道，这人是王子齐的妻子张琳。此时，许多人才如梦方醒，等待着即将到来的暴风雨，也有人捂住了嘴，等待着一场闹剧的爆发。

张琳沉浸在了那场戏的感动中,她摘掉墨镜,看了眼张一,又对王子齐说:"这不怕影响你嘛,一直没说话。"

导演也走了过去,化解着尴尬:"姐,您就是张琳啊!您是我的前辈!"

张琳笑笑:"哪里!哪里!"

她敏锐地观察着周围发生的一切,也意识到了紧张的王子齐,意识到了尴尬的张一。好多话,她来之前想了一夜,却说不出口,但凭着自己的感觉,她意识到了不对劲,于是,她说:"你们先拍,别让我影响你们了,我晚上就走。"

王子齐接话:"你坐在这儿,我也没法演啊!"

导演开启了粉丝模式,对王子齐说:"这戏以后也是给大众看的,琳姐提前看也好,还能作为前辈给我些建议。不过都是戏,别较真啊!"

王子齐笑了笑:"也是,也是。"他看了眼张一,继续说,"那走吧。"

他们仓皇转身,完全忘记了原本是来听导演说戏的。录音师懂事地递来了耳麦,张琳微笑地戴在了耳朵上,此时,她能听到所有演员在现场说的每句话。

回到片场,张一的手一直在颤抖,她像被拉回了现实,头上的汗珠一滴滴地落下，弄花了妆。她小声地问了句："怎么办？"

王子齐忙制止她讲话，指了指胸前的录音装备，告诉她有人在听，接着，用播音腔装腔作势地喊着，装作念着台词："什么怎么办啊！"

张一也明白了自己的声音正传递到张琳的耳朵里，她也装作念着台词："就这么办！"

张琳坐在导演椅上，目不转睛地盯着大屏幕，这是她以前的工作，现在却显得十分陌生。张琳小声地跟导演说："导演，您这儿有多余的剧本吗？"

导演递了自己的剧本，说："您看看吧，基本上也不是按照剧本来，都是大概意思，他们自己发挥。"

张琳接过剧本："什么？那要编剧干吗？不是剧作中心吗？"

导演耸了耸肩："您老公中心。"

直到导演喊"cut"，张琳还对着剧本沉默着。她听到导演说的那句清脆的"cut，下一场"时，终于忍不住，小声地跟导演说："导演，他们的情绪都不太对啊，尤其是张一妹妹的情绪。"

导演说："是的，今天她好像找不到感觉。"

张琳说："那干吗过啊？"

导演声音有些大："时间不够了！"说着，站了起来。

张琳点点头，像是明白了什么。这些年，她最受不了的就是艺术被资本左右,得这样赶着拍戏,这就是她为什么不愿意拍戏。一个剧组,永远在赶进度,没有人关注质量,也没有人明白资本应该是为艺术服务的,或者,每个人都明白,装不懂而已。

她想起了自己之前的工作,想起了这些年的变化,想起了自己曾经受过的委屈,忽然,张琳哭了。

导演吓了一跳,以为自己的声音太大,吓着了张琳,赶紧安慰着:"姐,我没有冲您喊的意思!"

张琳擦了擦眼泪:"跟你无关。"

导演叹了口气:"那您这是怎么了?"

张琳站了起来,说:"没怎么,你先忙。"说完转身出了门。

伴随着"谢谢导演"几个字,这上午就收工了。王子齐火急火燎地跑到了导演组,一看,没有张琳的影子,他看了看身后,张一没有跟来,于是说:"我媳妇呢?"

"她哭着走了……"导演说。

"为什么哭啊?"王子齐捏了一把冷汗,"她看到什么了?"

导演说:"不知道,要不您给她打个电话?"

王子齐说:"好。"

他拿起手机,忐忑地拨出又挂断,犹豫着、判断着,她到底知不知道呢?

反正也要知道,于是,他拨了张琳的电话,对方却一直挂断。

拨打了几次后，一条短信回复过来："老公，你忙你的，好好拍戏，别被我影响。为了艺术，你做什么我都支持！"

王子齐看到短信，松了口气。

他走出门，拍了一下还在紧张中的张一，说："晚上还是去你那儿。"

"没事了？"张一说。

"嗯，没事了。"

"那晚上喝一杯？"张一说。

六

尚鑫的病越来越重，他总觉得自己没用，觉得自己对社会无用。之前喝完酒，他还能睡着；现在喝完酒也整夜整夜地失眠，酒精压迫着神经，生活压迫着灵魂。

每到深夜，他翻开手机，看到长长的通信录，却没人可以联系；看着长长的朋友圈，却没一个交心的朋友。

父亲知道自己有了钱，每次打电话来都是借钱做生意，母亲更是个无底洞，只进不出。他已经不敢接父母的电话，每次接，除了要钱，还是要钱。

姐姐不再让他介绍王子齐，转而问尚鑫："弟，你啥时候有空，来接受一下采访啊！"

在圈子里，他没有朋友，红了之后，还是一个人，戴着口罩，排队看医生。医生除了给他开些药，就是建议他多休息，接受药物治疗和心理治疗。

抑郁症又称抑郁障碍，患者会时常心情低落、自卑，甚至悲观厌世，企图自杀。多休息，是最有用的方式。

为此，尚鑫推掉了所有的戏，他现在的状态也拍不了戏。导演协会的封杀，观众不明真相的攻击，一次次的网络暴力，让他更难以康复。

他唯一好奇的是，白雯为什么要帮自己转发那条微博？自己和她早就翻篇了啊！难不成她还爱着自己？

如果她还爱自己，自己是不是还爱她呢？

王子齐找了好多关系，终于阻断了导演协会对尚鑫的内部封杀。

他也建议尚鑫不要再看网上的新闻，但尚鑫总忍不住去看。毕竟那些说的是自己，他忍不住打开网页，忍不住心情更糟，于是忍不住喝得更多。

网络暴力是一把无形的剑，人们在网上说话的成本低，自然就胡乱说话；没有惩罚、规矩、限制，什么话都能说，网络暴力自然就来了。

尚鑫半夜抓玻璃的状态越来越严重，食指的指甲都脱落了，他还继续抓着。

在这样的状态下,王子齐还是让他来客串,第一是希望尚鑫不要被观众遗忘,第二是因为他还有一定的流量。

这是王子齐专门找编剧为尚鑫写的角色,戏不多,是一个落魄的喜剧人,面对爱情也是一次次失利,最后在王子齐和张一的鼓励下,挣扎着走出了抑郁。

尚鑫没有看剧本,也看不进去。他去的那天,尽管下了雪,他还是按照约定,准时到达了剧组。他没有助理,一个人,蓬头垢面地背着背包,远看,还以为是个场工,跌跌撞撞地走进剧组。走到监视器旁,他冷不丁地问了句:"王子齐呢?"

导演看了他一眼:"你谁啊?"

眼尖的小姑娘认出了他——这是前些时间大红的喜剧演员尚鑫。小姑娘跳了起来,扶着尚鑫坐在自己的位置:"尚鑫老师,王子齐老师正在化装,您在这里稍等一下。"

导演看了看表,也惊讶地自言自语道:"尚鑫老师好,没迟到啊?"显然,这和他在网上对尚鑫的了解产生了偏差。

"你什么意思?"尚鑫说。

"他们总说您迟到,我就说不可能嘛!"导演打趣着。

一旁的小姑娘拿来一件衣服:"尚鑫老师,麻烦您去试衣间换衣服。"

尚鑫冷冷地说:"不用,在这里就好。"

他脱掉外衣,肚子上的脂肪魔术般消失了,骨瘦如柴,瘦弱的身材加上空洞的眼神,像是被人抽去了灵魂,像是丢掉了一切。他转身问导演:"我演什么?"

导演惊讶地说:"您还没拿到剧本吗?"

尚鑫说:"剧本在家,忘拿了。"

导演向一旁的副导演使了个眼色,他递过去一个剧本,说:"尚鑫老师,您先演第三十场。讲的大概是,您是王子齐老师的好朋友,是一个落魄的喜剧人。在您和他看电影的路上,刚好看到自己的女朋友和其他男人在一起,接着,王子齐老师来安慰您,您蹲在地上笑,然后……"

尚鑫打断他问:"为什么我要笑?"

副导演说:"编剧的意思是,一个喜剧人,永远是把快乐带给世界。"

尚鑫笑了:"也对!谁愿意看一个流泪的喜剧人呢?"

副导演说:"您这边看完剧本也抓紧时间去化装,我们布景结束就可以拍了。"

说完,他把剧本递过去。

尚鑫努力地看着剧本,一边摇着头,一边拍着脑袋,后来干脆拿了一支笔,指着每一行看,不然他看不进去。不知是昨夜喝多了,还是今天不在状态，还是两者都有，他拼命地想读剧本，但大脑的某一部分一直在疯狂抵抗。

当他发出声音，念了两句台词后，奇迹发生了，他融入了那个角色。

此时，一只手搭在了他的肩膀上："弟，你好点了吗？"

尚鑫抬起头，看到了王子齐。

"我就没事。"尚鑫一边说，一边继续看着剧本。

"那就好，准备开始吧！"

镜头对准尚鑫和王子齐，演员定位，灯光师布灯，录音师准备，场记打板，本场开机，摄影机的红点亮了。

导演喊了声："开始！"

尚鑫和王子齐走在这条繁华的街道上，情景设定是：两个人刚看完了一场电影。

王子齐说："小飞，工作没了再找吧，病还是要抓紧时间看看。"

尚鑫说："这世界上谁没病啊？"

王子齐笑："好！都有病！但你这不都影响到生活了吗？还有，你也别那么悲观，至少你还有她呢。"

尚鑫说："是啊，如果没有她，我都不知道该怎么办……"

王子齐说："所以你看，一个男人，可以没有事业，但不能没一个爱自己的女人，要不天塌了，你拿什么在这个世界支撑？"

两人继续走,摄影师用长镜头跟着。王子齐忽然停住,两人面前,出现了一对情侣:"哎,前面那个人是弟妹吗?"

尚鑫表情变化:"那旁边那个男生是?"

说着,尚鑫拿出手机,拨通女友的电话,女演员的手机响了。

此时,导演大喊:"Cut!这条过,反打!"

摄影师开始搬机器,灯光师撤掉光重新组装,录音师检查着刚才的收音状况,导演对着脚本。王子齐活动着筋骨,拍了拍尚鑫的肩膀:"不错,演得很好。"

只有尚鑫,沉浸在刚才的戏里,无法自拔,空气忽然凝固了。

他低着头,感受着刚刚的情景,像想起了谁,那种思念和离别,深入了他的骨髓。他感到头剧烈地疼,周围的声音忽然被放大,钻进了他的脑袋,在里面"胡搅蛮缠"。

王子齐在一旁甩着双手,看到尚鑫抽离的样子,问:"你怎么了?"

尚鑫低着头,沉浸在另一个世界里。

王子齐拍了他一下:"想什么呢?"

尚鑫缓了过来:"没什么。"

王子齐说:"一会儿跟张一老师认识一下?"

尚鑫说:"好!"

戏接着拍了。

尚鑫使劲摇了摇脑袋,这一摇,头痛欲裂,他隐约地听到导演喊了"开始",于是拼命地抬起头,就像溺水前最后的呼吸。

那女演员转头的瞬间,他仿佛看到了白雯,惯性地说出了句台词:"怎么是你?"

王子齐说:"你……身边是?"

身边的男生说:"亲爱的,这是谁啊?"

姑娘愣了一会儿,坚定地说:"小飞,这是我男朋友。"

本应该是尚鑫的词,王子齐却不见尚鑫接话,好在他经验丰富,立刻接:"你……怎么可以这样?"

姑娘说:"小飞,你养得起我吗?我要的,你能给吗?你自身都难保了,怎么给我幸福生活?你看你,现在还像个人样吗?"

副导演在一旁小声地说:"尚鑫没接台词。"

导演小声说:"没事,感情对,后期能配。"

王子齐说:"你凭什么这么说话?"

姑娘说:"好,小飞,既然你看到了,咱们就正式分手吧,你照顾好自己。"

尚鑫眼神空洞,情不自禁地说了句:"怎么会这样?"

演员和导演显然是没想到这句词的,因为这句词,并不在剧本中,但在这个剧组,改剧本的事情很常见,他的表情和神态都对,感觉甚至远远超过了剧本,导演没有喊停,表演就得继续。

姑娘也没对上台词，于是，只能大喊着前句台词中出现的话语，说："你给不了我未来！给不了！"

尚鑫没有抬头，仿佛陷入巨大的痛苦中，嘴巴里重复地念着那句台词："怎么会这样，怎么会这样……"

导演在后台竖起了大拇指，自言自语道："演得真好！"

此时，尚鑫捂住了头，大喊了一声："怎么会这样！"说着，就冲出了镜头。

导演充满热情地喊着："Cut，厉害！过！"

女孩子叹了口气，王子齐捏了把汗，当他们朝尚鑫跑掉的方向看时，他已经消失得无影无踪。

王子齐清晰地听到，尚鑫跑掉时的那声嘶吼，像是要吼出自己的灵魂。

尚鑫再也没有回到片场，他消失了。

七

"你看见的，是我想让你看见的——这是互联网逻辑。你看到的是人设，我们过的是人生。"白雯在船上，慢声慢气地说着。

湖面清澈、平静，偶尔荡起几圈涟漪，鱼儿吐出几个水泡。

张弛在一旁，用心地听着，风吹着，旋律飘着，狗仔拍着。

张弛屏住呼吸，听着单纯的白雯一句句地讲着自己的过去。

"我就是一名普通大学的学生，不是科班出身。你们这个圈子里的人，没法理解一个农村女孩子的待遇——在家里，弟弟是宝贝，自从弟弟出生的那一刻，姐姐们就只是照顾弟弟的保姆。"白雯说。

张弛开了个玩笑："其实我知道，因为和你在一起，我也是弟弟。但我不会让你照顾，我会照顾你。"

白雯笑了笑："不用你照顾，我习惯一个人了。刚进这个圈子时，我只想成功，只想赚钱，有了钱，我才能跳跃到另一个阶层去。"

张弛说："谁不是呢？"

白雯说："于是我认识了一个制片人，他趁我喝多了，把我带到了一个女演员家，我们发生了关系。那是我的第一次，他主动的。"她狠狠地吸了口气，用颤抖的手，拿出一支烟，点燃，吸了两口，"我到现在也忘不了，一觉醒来，那个女演员冷静而淡定的目光。那时我就知道，在这个圈子，发生什么都很正常。"

张弛的后背凉了，说："能告诉我那个人是谁吗？如果是圈子里的，我肯定认识。这个王八蛋！"

白雯说："认识又能如何？事情反正也发生了。"她继续说，"那是我最好的青春。可我有选择吗？很多女孩子的想法是报警、是隐忍，但你知道我是怎么想的吗？"

张弛摇摇头。

白雯说:"我想,坏事既然发生了,无法改变了,那么,应该让坏事变成好事。"

张弛吸了口凉气:"这是男性思维。"

白雯说:"我对他提出了要求,我想演戏,我想成为演员。一开始,他不同意,想花钱包养我,但我知道他有老婆,所以我执意要演戏,我只想演戏、加戏,因为这样能让我红,能让我赚钱养家,能让我更自由、更受人尊重,能让我还清姐姐的债。于是我开始拍戏,想尽一切办法改剧本,硬是要求他把我在戏中由女二改成了女一。"

"然后呢?"张弛问。

"第二次,是我主动的。"白雯说。

张弛的身体开始僵硬了。

船还在漂荡着,此时的张弛真正意识到,时间定格了。

路上的行人走走笑笑,他们也没有在意,照相机正对准这叶扁舟,疯狂地按着快门,他们依然毫无察觉。

白雯继续说:"后来我发现,其实这些都不重要。这个世界永远是弱肉强食,大家不会在乎你是如何上去的,大家只会在乎你在不在上面。过去的事情可以掩盖、可以洗白,但错失了这个机会,你可能就不复存在了。何况,没人知道的事情,就是不存在的。就好比我们今天在这里划船,其实是不存在的,因为除了我们,谁也不知道。"

河岸边的快门一直按着,风还在吹。

"世界是平的吗?为什么人都要往上爬?"白雯抽完了第一根烟。

张弛感到冷,冷从皮肤穿透到内心:"那……你怎么看爱情?"

白雯说:"每次恋爱,人都在说永远,可是,谁又能真的做到永远呢?没有,大家永远在欺骗对方,永远在欺骗别人,永远在欺骗自己。有些人有了老婆还在装单身,有些人有了孩子还在装清纯,归根到底就是为了下半身的那点快感。后来,我也不在乎了,毕竟,我要的是红,是赚钱,还有比这更实际的吗?后来我才知道,只有银行卡里的数字是真的。你说我单纯可爱,张弛,你才是那么单纯可爱。我想告诉你一句实话,弟弟,我只想让你来我的公司,我不相信爱情,我只信利益。我们在一起,是有利益的。"

白雯说完这句话,眼眶瞬间红了,两行泪止不住地往下流,她不知道自己为什么要说实话。

一个从不说实话的人,忽然说了实话,她的心像被打开了,一阵风刮过,她的眼泪簌簌地流着。

张弛搂住了白雯,他觉得自己正抱着一个孩子:一个犯了错,还在忏悔的孩子——她无能为力,又想主导人生,她跳进污泥,又想绽放自己。

他不愿相信此刻听到的，只想相信此前看到的。可是，他现在看到的，和之前看到的完全不一样。

白雯，是人们心目中的那个白雯吗？是自己内心深处的那个白雯吗？

白雯的人设，在自己心里，复杂地翻滚着、变化着，只差崩塌了。

他心疼怀里的女子，经历了风尘，依旧保持着一颗单纯的心。可是，这是他的想法，还是白雯的人设强加给自己的想法？怀里的这个姑娘，到底是谁呢？这个人离自己这么近，却又这么陌生，为什么？

人就是这样，当认定了一个人是什么样，就会用尽全力说服自己，哪怕所有的细节都指向错误，他也想尽可能地找到蛛丝马迹，证明自己的观点是对的。于是，他试探地问："一次相信爱情的经历都没有吗？"

白雯坐了起来，她在脑子里检索着、搜索着、探索着，一个名字忽然浮现在脑海里，那是她一无所有时愿意为她付出全部的人，那个人的名字，叫尚鑫。

他还好吗？荧屏上的他还是那么幽默搞笑，只有她知道，他有严重的抑郁症。他从大学时就脱发，直到抑郁症越来越严重，他缺爱、缺觉、缺陪伴，他现在还好吗？

想到这儿，她深吸了口气，故作淡然地说："一次也没有。"

张弛的脑袋瞬间麻了,因为此刻他确定了,此时的白雯和自己熟知的那个单纯无邪的姑娘,完全不一样,就在这一刻,白雯的人设,在他的心里,轰然倒塌。他推开白雯,坐了回去。

他看看岸边的距离,又看看划船的速度,时而看看表,观测着时间。他觉得时间被拉长:为什么船靠岸的速度这么慢?为什么时间过得这么慢?倘若船靠岸,自己一定落荒而逃,倘若自己熟悉水性,恨不得此时跳下去游走。

时间一分一秒地过去,张弛感觉自己像落入了水中,衣服湿透了,心跳停止了。

白雯有时安静地看着水面,有时看着张弛,她不知道自己为什么要讲这些。她只知道张弛是个好人,是个单纯的小伙子,是个不一样的大男孩,她甚至有一瞬间觉得自己爱上了他。

船终于靠了岸,白雯问张弛:"接下来去哪儿?"

没想到张弛说:"我现在有点乱,先走了。"

白雯看着他,微笑着,她明白,张弛接受不了这一切,更接受不了一个不完整的自己,他和其他男人一样。

她冷静地说:"好的。"

"那你呢?"张弛问。

"你先走吧。"白雯冷冷地说。

张弛拿着包,上岸时被绊了一脚,踉跄了一下。白雯看着狼狈的他，笑了。果然，他还是落荒而逃了。

白雯看了一眼船夫，问："我能在这儿坐一下吗？我会付钱的。"

船夫一笑，说："可以，反正也没客人了。"

白雯一个人在昏暗的河边，打开了手机，刷着微博。忽然，她看到了一条热搜，上面写着刺眼的言论：

"知名演员尚鑫，被爆耍大牌，遭到导演协会集体封杀！"

微博配图是尚鑫捂着脸的照片，他的脸上似乎在流血。她放大了尚鑫的照片——那个皱着眉的喜剧演员，身体里根本就藏着一个备受折磨的灵魂，这哪是耍大牌，分明是痛苦不堪！

她继续搜索着相关留言，看到无数人咒骂着尚鑫，这些人没有目的，没有理由，只是以偏概全地攻击他：说他赚了钱，出了名，忘记了初心。她想起刚才想到的一切，看着这一幕很是心疼，却又无能为力，好多和尚鑫的回忆浮现在眼前。

想到这儿，她转发了那条微博，配着一行字：

"导演，他有抑郁症，是个病人，请您多体谅些！"

没过多久，这位导演回复了："如果有抑郁症，该去看医生，为什么还要出来接戏？"

再刷微博时，狼烟四起，网络的攻击对象从尚鑫变成了白雯。

"看来你们关系匪浅啊！"

"这个女人别看她可爱，其实坏着呢！"

"粉转黑!"

她继续刷着微博,就在此时,经纪人打来一个电话:"你在哪儿?"

"怎么了?"

"我给你发个图。"

白雯打开链接,一张图被转发过千,这张图出自一个营销号。她放大那张图,顿时冷汗直冒:黑暗中,白雯在一条船上,搂着她的人清晰可见。这不是自己刚刚哭泣的样子吗?这是什么时候拍的?这是谁安排的?他们现在还在四周吗?

这条微博很快上了热搜,她环顾四周,知道有人在跟拍她。她下意识地把身子往船里塞了塞,警觉地看了一眼正在抽烟的船夫。

恐惧中,她再次打开热评,点赞最多的是这么一条留言:"这不是娱乐号主笔张弛吗?怪不得之前跪舔白雯。"

白雯的脑子"轰"的一下炸了,她翻开手机通信录,打给张弛,那边却是茫然的占线声。她猛地坐起来,下船,迅速跑回了工作室。

八

自从尚鑫那次跑出片场,就再也没人找得到他了。

他关掉手机,一个人躲在北戴河的一个小镇上,那里面朝大海、人烟稀少，可以让自己安静两天。

他之所以逃跑，是因为那场戏让他想到了白雯，那个自己一直深爱的姑娘。他相信，白雯也是爱自己的，否则，她也不会为了自己在微博上发声。

看得出来，这条微博也给她带来了不少麻烦，娱乐记者从追他变成了追她。

一个单纯姑娘的滥情，一个喜剧人的抑郁，都是天大的玩笑。

尚鑫看了网上的照片，一个年轻的男人，在船上搂着低着头的白雯。几天后，又有新闻报道白雯和哪个知名主播彻夜不归的消息，再后来，报纸上刊登着另一篇文章，白雯和一位大导演在KTV里对唱情歌……接着，这类新闻如春笋般浮现。

这些新闻里，最让他无法接受的，是白雯被爆出在第一部戏中和知名制片人马叶有染。

"放屁！"尚鑫恶狠狠地把手机摔在沙发上，"这部戏是老子求来的！跟马叶有什么关系？！造谣！全都是造谣！"

事情爆出的当天，他就四处询问白雯的联系方式，然后拨通了她的电话。生活的节奏，已经让他忘了自己是谁，忘记了她是谁，接通电话时，那边传来虚弱的声音："尚鑫？"

尚鑫惊讶地说："你还留着我的电话？"

白雯沉默了一会儿："来看我的笑话了？"

尚鑫说："我知道是谣言，你跟马叶怎么可能……"

沉默过后，白雯说："傻子，怎么不可能？"

尚鑫说："你疯了？"

白雯说："没疯，人设崩了。"

尚鑫说："你别开玩笑了，我还不了解你？你怎么可能会跟马叶那个老男人……何况，他能给你什么？"

白雯说："他能给我未来！"

尚鑫怒了，他撕扯着嗓子："放屁！你的未来是我给的，跟他有什么关系？"

白雯笑了笑说："你都没有未来，怎么给我未来啊！"

尚鑫说："我是没有未来，你呢？你现在连人设都没了！"

又是一阵沉默后，白雯说："尚鑫，江湖险恶，你保重！"

尚鑫冷冷地笑了一声："江湖险恶？有你恶吗？"说完，挂了电话。

从那天起，尚鑫的眼前总会浮现出白雯和马叶在一起的画面。这让他睡不着，只有短暂的恍惚，这恍惚中又有无数的梦。他梦到过在电影院里见到他们，吃饭时见到他们。当然，他也梦到过在街上见到他们，他甚至想过如果遇见她，第一句台词是什么，想着想着，就惊醒了。

他想过无数次遇到白雯时自己应该说什么，没想到，生活是最牛的编剧，不用假设，不用改编，戏里就重现了。

于是，才有了他发疯似的跑出片场的举动——梦里的故事，浮现在眼前，他疯了似的一个人去了海边。他发誓，自己再也不会拍戏，再也不会爱人，再也不会踏入这个圈子。

他关掉手机，像从人间消失一般。在海边，他听着海浪的声音，看着飞翔的海鸥，海鸥自由地展翅高飞着，忽然，他跪在沙滩上，笑了。

他忽然明白了，自己痛苦时为什么要笑，因为一个喜剧演员，这辈子的宿命就是让别人笑，无论自己有多痛苦。

他的笑声很苦涩，像海水一般，他就这么笑着，一会儿捧起沙子往自己的头上撒，一会儿又把头埋进冰冷的海水中。

天上的海鸥，翱翔着，那些叫声像是在呼唤着这个曾给人带来快乐的光头。海浪打在他的光头上，他的耳边一直回响着那些青涩的呼唤声："一休、一休……"

他坐在沙滩上，用手指抠着沙子，发出一声声撕裂的笑声，直到手指出了血，沙子、海水、血融合在了一起，咸咸的海水蜇得他全身麻木。

他在海边待到了晚上。他躺在沙滩上，打开了手机，无数短信和未接来电蜂拥而至。他点击着取消、删除、拉黑，接着翻阅着通信录，此时，还有些电话疯狂地打进来，他挂断，继续翻着通信录。

他想了想,然后拨通了姐姐的电话。

那边传来焦虑的声音:"弟弟,终于找到你了!你在哪儿呢?家里的电话都快被打爆了!"

尚鑫说:"姐,我在海边,我好冷,能帮我带两件衣服过来吗?"

姐姐说:"你在哪儿呢?"

尚鑫说:"我告诉你位置,帮我拿两件衣服,但是不要带任何人来,好吗?"

姐姐说:"好。你怎么了?为什么那么多人都在找你?好多媒体、公司都在问你在哪儿,我的电话都快被打爆了。"

尚鑫沉默了。

姐姐说:"好,你告诉我地址,我明天去找你。"

尚鑫说:"好,我发给你地址,但你只能一个人来!"

"好的。"

说完,尚鑫挂了电话,一个人走到海边。风很大,海边的温差也很大,中午热,夜晚凉,夜晚似乎更像他此刻的心,冷到不愿多说一句话。他想重新开始,不再出现在公共场合,就安安静静地成为自己就好。

他再次关掉了手机,想到了白雯,这些天,她过得开心吗?还有戏演吗?演的还是单纯可爱的形象吗?还是"高级脸"吗?想着想着,他"呸"了一下,然后自言自语道:"跟我有什么关系!"

说完,他又笑了,笑自己其实从大学开始,就有了抑郁症,在台上疯狂的样子,不过暂缓了自己抑郁的表现;他笑自己从小到大,都没有人真正地爱自己、关心自己,这些人只为了自己高兴,从未想过他;他笑就算自己红了,也没人陪他去一次医院;他笑自己的人设是喜剧人,给人带来欢笑,却把痛苦藏在了自己内心最深的位置。

他笑这世界,更笑自己。

那一夜,他又失眠了。

第二天早上,天还没大亮,他刚进入梦乡,就隐约地听到,门外有人敲门。他以为是梦,但他听到了姐姐的声音,那是小时候亲人的呼唤:"弟弟,开门,给你送衣服来了。"

他从梦里醒来,揉了揉眼睛,确定这并不是梦。的确有人在敲门,那声亲切的"弟弟"确实是外面传来的。他知道是姐姐来了,于是没来得及穿外衣,只穿了一条大裤衩,就一步步地走向门口。

他期待见到姐姐,虽然她曾经瞧不起自己,但她毕竟是自己的亲人。

他把手放在门把上,用力地扭了下,打开了门。姐姐背着一个双肩包,站在他的面前。门外的走廊很暗,没有灯,还背光,但他看到了姐姐那张熟悉的脸。

姐姐叹了口气,说:"你太让人担心了!"

尚鑫抱住了姐姐，姐姐拍着他的背，瞬间，他的眼泪流了出来。

"谢谢你来了，我好冷。"

姐姐拍了拍他。

他的目光朝着走廊的黑色看去，一个红点和几个人影映入眼帘。随着那些人逐渐走到明处，他忽然明白了，那个红点，是摄像机，那几个人，是记者。

他的灵魂瞬间崩裂了，他推开姐姐，撕扯着喊："你们他妈的是谁？谁让你们来的？你们滚！滚！出去！"

姐姐一把抓住他的胳膊，说着"没事没事"。他一边用力地推搡着姐姐，一边用手拼命地挡住欲冲进来的摄像机，高喊着："滚！滚！"想要关门。

摄像师一只脚卡在了门缝，另一只手推住了门。

此时，他的灵魂被撕成了碎片，流着血，他喊着："滚！滚！"

可是，摄像师就卡在门那里，门就是关不上。姐姐一边推着门，一边安慰着："没事，弟弟，这些都是我的朋友，没事的！"

尚鑫一边用尽全力顶着门，一边用脚疯狂地踩着那只卡在门缝的脚，终于，那人受不了疼，把脚缩了回去。但门外推门的力量越来越大，好似又多了几只手，一起使着劲。此刻，尚鑫只能大喊着，流着眼泪顶着门，像要顶住他最后的生命。

可门外那么多人，自己只有一个人。终于，他被门外的力量推倒在地。倒地时，他又笑了。这么多年，自己不都是一个人吗？

想着想着，自己坐在地上，笑得更厉害了。

姐姐扶起他，说："没事，都是自己人，都是关心你才来的。"

尚鑫一直笑着，走到桌子旁，拿起一个苹果，然后咬了几口，绕过姐姐，走到摄像机旁，把脸贴在摄像机上，左看看右瞧瞧，然后用力地把苹果按向摄像机的镜头。镜头碎了，玻璃扎到了苹果上，也扎到了他的手，他的手开始流血。他不觉得疼，一次又一次用流着血的手戳向那碎掉了的镜头和摄像机，摄像师吓得把摄像机扔在了地上。他蹲下来，用那只流血的手，一次次地打在摄像机上，一边打，一边笑。他的笑声，划破天际，扎入了每个人的心。

摄像师在一旁大喊着："疯了吗？疯了吗？小尚，你弟弟这样，你要负责！"

他一边说着，尚鑫一边大笑着，凶狠地将碎掉的摄像机甩向摄像师："你们不是喜欢笑吗？"

笑完，尚鑫跑出了酒店。

九

王子齐和张一在酒店里翻云覆雨。他早就分不清自己是王子齐还是戏里的那个父亲，但他确定，自己爱上了张一。

张一也是一样,她知道王子齐有妻子,可是,戏里的台词,一句句地打动着她的心,在她心里,自己是原配,来探班的才是小三。

完事后,他们喘着粗气,王子齐紧紧搂着张一,床上一片狼藉。王子齐拿起一根烟,被张一狠狠地夺去:"你答应我不抽了!"

王子齐耸耸肩:"好,不抽了!"说完,拿出了手机。

忽然,他坐了起来,手指微微发抖,刚得到满足的身体开始止不住地冒汗。他情不自禁地擦着额头,喘着气,嘴唇也不停地抖动着。

张一用胳膊肘碰了他一下,开玩笑地说:"怎么了?还不满足?"

王子齐递过手机,从喉咙缝里蹦出五个字:"找到尚鑫了。"

张一抢过手机,仔细阅读着手机上的信息,头皮瞬间麻了。热搜新闻上,都写着这样的标题——《知名喜剧人尚鑫被爆自杀》。

新闻写着:

今日,在北戴河海域发现一具尸体。据警方调查、DNA鉴定,死者为知名喜剧演员尚鑫。死者口袋里发现了一份遗书,至今尚未发现他杀痕迹,经纪公司尚未回应。

新闻后面,附上的是尚鑫写下的遗书,遗书上只有三个字"我错了"——三个字歪歪扭扭,被打湿的纸上,字迹依然清晰可见。

法医说,尚鑫是自己跳水自杀的,死得很安详,脸上也没有那么多痛苦。据说,是几个渔民在捕鱼时发现的。他们捕鱼的时候,发现有一个人漂在海面,手上流着的血染红了一小片海。他们在船上冲那个人喊着:"别在这里游泳,危险!"

却没有得到回应。

接着,他们知道是有人溺水了,把人捞了起来。

其中一个人认出了尚鑫,然后报了警。

王子齐下了床,张一问他去哪儿,他穿上裤子,冲出了门。张一刚想要跟上去,王子齐关门前,喊了一句:"在家等我。"

次日,尚鑫的父母接回了尚鑫的遗体,他的亲生父母终于团聚了,在他死后。

尚鑫伤心了一辈子,走后,也终于轮到别人伤心了。

姐姐跪在遗体前,失声痛哭。她没有告诉任何人自己曾在弟弟生命的最后时刻找到了他,或许,她忘记了,又或许,她根本不知道,压死尚鑫的最后一根稻草就是自己。

年轻的生命,陨落于天际,告别于人间。

网络上的讨论不绝于耳,有人说尚鑫是被经纪公司逼死的——因为这三个字正是他第一部戏的口头禅;有人说他不是自杀,是他杀,生前娱乐了众人一辈子的尚鑫,死后还在被娱乐,生前娱乐无数的人,死后的遗书还是个段子。跟他只见过一面的人,疯狂地晒着自己和他的合照,表达着哀思,仿佛把他当成了家人。

尚鑫的父母办了一个小型追悼会,那些晒合照的人却一个也没来。

终于,这一家人聚齐了。这最简单的爱,是尚鑫早就想要的一切,可惜,等到他离开时,家人才齐聚一堂。

追悼会上,王子齐戴着口罩和张琳到了现场。头顶乌黑的云彩,压抑着每个人,房间外面,是厚厚的雾霾。一段哀乐过后,王子齐叹了口气,眼泪忽然流了下来。

他难过,不是因为他和尚鑫有多深的感情,而是因为尚鑫是因为自己才进了这个圈子,是他给了尚鑫名和利,也是因为这些,尚鑫丢掉了自己本应平凡的一生。他仿佛在尚鑫身上看到了自己的另一面,那种执着,那种无奈,那种惨无人道的人设泯灭着人性,原来也可以置人于死地。

公司给他树立了一个所谓的人设,他就要在舞台上痴狂,给人带来欢笑,却没有人关心过他真正想要的:一段简单的爱,一段温情,一段宁静。

或许,他根本不想出名,他只想治病,台下的笑声,每次都像一把锋利的匕首,戳向他的心脏,让他痛不欲生。这些年,他用人设屹立在人群中,没人记得他还是个病人。他用人设毁了自己的人生。

终于,他用死亡使自己的人设崩塌了,可是这代价,太大了。

张琳看到王子齐哭了,递过去一张纸巾,凑在王子齐的耳边,小声说:"可惜了,我们签了十年。"

王子齐听到这话,撒开了张琳的手,他有些激动:"他在你心里,就只是个商品?"

说完,他走到了遗体的前方,深深地鞠了个躬。尚鑫平和地躺在那里,面无表情,像是睡着了一样。是啊,现在他终于不用担心自己睡不着了。王子齐向尚鑫的父母走了过去,跟两位老人说:"叔叔、阿姨,尚鑫是我的兄弟,以后他的事,就是我的事,您二位的事情,就交给我了。"

说完,他又向两位老人鞠了一躬,从口袋里拿出一个信封递了过去。

他看了一眼尚鑫的姐姐。这一回,尚鑫的姐姐没有抬头看王子齐,没有要求一起吃饭,也没有要求采访,只是低着头,什么也没说。

张琳在一旁,环视了周围,没有摄像机,没有其他人,甚至没有媒体。她好奇着:那他为什么要作秀?他哭什么?为什么要这样对自己说话?难道尚鑫不是商品吗?这年头,哪个艺人不是商品?哪个人设是人?大家爱的哪是什么尚鑫本人,大家爱的就是人设啊!毕竟这世界就是由商业组成的,大家聊收益和损失又哪里错了呢？何况当初是自己最先说别过度利用这孩子，他当时是反对的，怎么现在变成自己成为坏人了？还在公开场合这么大声地吼自己，他到底是在伪装什么？

想到这儿，张琳很生气，又想到这么长时间，王子齐都没有回家，有时候连个电话都没有。想着想着，愤怒就冲昏了头脑，她脱口而出："你装什么装？不是你，他能死？"

她又说："要不是你当时跟他签十年，还拿走大部分钱，他能这么累吗？一部戏接着另一部戏，谁能受得了！你现在好了，猫哭耗子假慈悲，还训起我来了！"

王子齐捏紧了拳头，转过头说："张琳！你说话能负点责吗？你没有公司的股份吗？"

"我有股份怎么了？你是不是占股份的大头？"

"你要这样说话，日子就没法过了！"

"不过就不过！离啊！"

他们就这么吵起来，谁也不让谁，忘我地吵着，完全不管尚鑫家人撕心裂肺的哭泣，忽然一个声音打断了他们的争吵："够了！"

循着声音望去，是一个女生，秀气文雅，走了进来。她摘掉口罩，含着泪光，外面的大雨淋湿了全身。她走到尚鑫的遗体前，摘掉口罩，说："你们都没错，错的是我！"

说完，她冲着尚鑫的遗体跪下，磕了一个头。

尚鑫的父母都认出了她,这个人,是白雯,她剪了短发。

她跪在地上,想说点什么,却找不到该说的话。不一会儿,她就泪流满面,由号啕大哭,到泣不成声。

她的手机里躺着尚鑫自杀前给她发的短信:"我想你了。"那是他自杀前最后留下的文字。

她一直哭,哭到了雨停。

十

白雯从追悼会回家后,一蹶不振。

网络上口诛笔伐,不绝于耳;生活中又内外交困,满目疮痍。

她的人设崩了。

先是被爆出和多名成功人士有染,看客们感叹"贵圈真乱",接着评论:"白雯,没想到你是这样的人!""原来还觉得你天真可爱,真是瞎了!""粉转黑!""你真该死!"……

白雯顶着骂名和伤痛去了片场,那一天,从早到晚拍她的戏,到了晚上九点,还差最后一条就拍完时,一辆房车开进了剧组。导演看到从车上下来一个女人,连忙喊停。白雯问是谁,身边的姑娘说,这人就是当前最红的明星。

白雯不认识此人,她一边想着关我屁事,一边想着赶紧拍完回家。

没想到导演屁颠屁颠地向那个女人走了过去，嘘寒问暖一番，接着大喊一句："来，换场景！"

白雯瞬间炸了，她走到了导演身边："导演，我还差一条，先拍完我的吧？"

导演冷冷地说："不好意思啊，白雯老师，我们的合同写了，她到了现场永远先拍她。"

白雯气不打一处来，恼怒地喊："什么意思？就因为她红吗？"

导演看都没看她一眼，说："白雯老师，我觉得您没必要这样矫情，毕竟，现在用您演这部戏，我们都是顶着巨大风险的。"

白雯的脸"唰"的一下白了，转身走回了自己的车里，用力地关上了车门。她把空调调到最冷，也打开了音乐。音乐响起时，她彻底崩溃了，因为这首歌就是《老婆老婆我爱你》。

月光皎洁，星星眨眼，过去的经历凄入肝脾，她黯然销魂。

此时，一个电话打来，她习惯性地挂断。这段时间，骚扰她的记者太多了。她再次拿起电话时，未接来电上清楚地显示着"张弛"两个字。

她想了想，还是回了过去。

"喂？"

那边没说话，只能听到喘气声。

过了许久，一个声音传来："白雯，你在吗？"

白雯收住了眼泪，抽泣着说："你也是来骂我的吗？"

"我想见见你！"张弛沉默了一会儿，说。

"见我干吗？当面骂我吗？"白雯说着说着，又哭了。

"别哭啊。"

哭声中，白雯说了自己的委屈，也说了自己在片场的遭遇。

"如果你愿意，我陪你一起，退出这个圈子！"张弛说。

"你说真的？"

"真的。"

白雯愣在那里："你不嫌弃我那些不堪的过去吗？"

"你的过去是你的事，你的未来才是我的事。"

白雯坐在车里，泪水落在方向盘上，她抽泣着，一会儿，又破涕为笑。月明星稀，夜深人静，白雯发动了车子，扬长而去。

几天后，白雯工作室宣布解散。她终止了所有的合作，赔偿了应赔偿的违约金。与此同时，许多和白雯有关的戏与节目，也被莫名地下架。平台害怕惹事，制作人也不愿冒风险，于是，干脆全部下架了。

白雯躺在家里的沙发上，看着一条条骂她的私信，忽然，在众多私信里，她看到一个网名叫"我是小星星"的人给她发了一条与众不同的留言：

"姐姐,我懂你,有时候生活太难,我们又那么无奈弱小,我们做的许多事,都不是情愿的,可我们还能怎么办呢?"

这条留言,在无数恶言恶语中显得那么耀眼,她的心忽然软了下来,暖了起来,她回了对方一句:"谢谢。"

自从自己成名后,就没回复过别人的留言,无论是骂她的,还是夸她的。她只需要把自己打扮得更美,让自己的人设更立体,让不认识的人喜欢上她,让喜欢她的人更爱她就好。

不一会儿,小星星回复了她:"姐姐,我看过您的戏,给我带来了无穷力量,我希望您能扛过这段日子,都会过去的。"

白雯看完留言,脸上挤出一丝微笑,心里想:"真是个可爱的孩子。"

接着,又一条新闻浮出水面——《知名制片人马叶承认与白雯有过恋情》。

白雯打开新闻,了解了前因后果:当时剧组里有人看到她进了马叶的房间,并匿名写信给《娱乐周刊》,说马叶包养了白雯,还发出了白雯当时长居酒店的照片。《娱乐周刊》的记者求证服务员,得实。

马叶在压力下,只承认和白雯有过恋情,不承认包养。

无论如何,事情闹得沸沸扬扬。

白雯笑了笑,自言自语道:"看来这个世界,还真没什么秘密。"

说完，她从沙发上起身，走到阳台边，从高处俯瞰街道，一种想要纵身跳下阳台的冲动油然而生。

忽然，她的手机又响了，打开手机，发现又是那个"小星星"："姐姐，我看了新闻，也搜了马叶的照片，说实话，他这么难看，您这么美，我不信，您出来澄清啊！"

白雯笑了笑，真是个天真的孩子。

于是，她饶有兴趣地回复："孩子，如果这件事真的发生过呢？"

小星星回："不可能的，姐姐，就算有，您也一定有难言之隐。"

白雯的心再次被温暖了，想到这些年，除了张弛知道自己的故事，她和谁也没说过。自己出了事，连个说话的人也找不到，圈子里的人更消失得无影无踪。这无情无义的圈子，圈里每个人的心都冰冷得要命。她好奇地点开了小星星的微博资料，看到她的资料显示：

18岁，女，地址：海外。

她翻了下小星星的微博，没几条，发过的微博几乎都是转发的自己的和其他可爱系女明星的，然后配上可爱的表情。她想，这个女孩，或许刚刚上大学，或许刚刚高中毕业。总之，她看起来那么单纯、美好，就像刚进社会的自己。

她留言给小星星,说:"孩子,希望你好好学习,如果可以的话,要有一技之长,以后不用靠任何人,你就是自己的女王。"

她也不知道自己为什么会有这样的感慨,更不知道自己为什么要回复她。因为太久没回复别人的留言,这短短的一行字,她竟然敲了错别字。

小星星回:"姐姐,您敲错别字了,看来您心情确实不好。不过如果您想讲讲自己的故事,我都在。"

白雯深呼了一口气,回到了沙发上。思前想后,最终她还是回了留言。这次她回复得很真切:"你们可能以为我的人设崩塌了,以为我是个滥情的人,但我不是。我刚进这个圈子,就明白女人的美貌不过是名利场中的筹码,现在当红的明星,谁没有这么做过?我不过是被曝了出来,我不过是运气不好,但就算是这样,这结果是我应得的,不怪别人,只怪我自己。谁叫我第一次这么不小心呢,谁叫我第一次这么大意呢?"

小星星回:"姐姐,第一次怎么了?"

白雯没有回她。

几分钟后,小星星回:"姐,第一次,发生了什么?"

"制片人欺负了我。"

"为什么他会有机会呢?"

白雯忍住眼泪,回:"因为我喝多了。"

小星星说:"姐姐,据我所知,无论人喝成什么样,所有的一夜情,都是有意识的。我想,会不会是您有意这样的呢?"

白雯倒吸了一口凉气,努力地回想着那天晚上发生的事情:一群人在喝酒,尚鑫打来电话,自己迷迷糊糊地倒下,醒来时在张一家……

她摇晃着脑袋,回复:"怎么可能?我的脑海里没有那晚和马叶发生关系的记忆。"

白雯的脑袋晕了,她一边回复,一边努力地回忆着那天晚上到底发生了什么,回忆着和马叶第一次发生关系的细节,回忆着在宾馆里两人都清醒时的做爱。想到马叶的惊讶,想到床上的那抹落红,一个假设忽然从她的脑海里迸发出来:如果喝醉那天,我和马叶压根儿没有发生关系呢?如果和马叶在剧组的那一次才是第一次呢?如果这一切不是别人欺负了自己,而是自己本能的选择呢?

她细思恐极。当她凝视深渊时,深渊也正在凝视她;当她注视问题时,问题已经开始吞噬她。接着,另一串问题浮出水面:假设所有问题一开始都不成立呢?假如自己一开始就错了呢?想到这里,她再也坐不住了,站起来,匆忙离开了家。

她习惯性地戴上了口罩,完全不顾周围已经潜伏许久的狗仔,她一路红灯地开到了张一家。有狗仔跟着她停在了张一家的不远处,焦急地架好了机器,还有狗仔装作路人,跟随着白雯。

白雯把车停好后，一刻也没耽误就上了楼，她努力回忆着张一家的位置，最后勉强想了起来。她跌跌撞撞地上楼，敲门，不久张一开了门。

　　显然，她刚起来。她看了看白雯，几乎没有认出是谁，回想了一番："白雯？"

　　白雯问："姐，我可以进来吗？"

　　张一还没说话，王子齐露出了头，看到了白雯，赶紧说："你怎么来了？赶紧进来，赶紧进来。"

　　白雯来不及惊讶为什么王子齐拍完戏还在张一家，虽然她飞快地进了门，但是门外的狗仔还是通过门的缝隙，把这一切拍得清清楚楚。

　　一个狗仔对着另一个狗仔说："这是张一家？那个男的，好像是王子齐啊！"

　　另一个狗仔把摄像机的屏幕翻开，倒带回放，放大再看，再三确认，说："是的，还真是王子齐。"

　　说完，两个人笑了，一人说："看来，这回新闻有的爆了！"

　　另一人说："奖金也有了。"

　　说完，两个人捧着摄像机，得意扬扬。

十一

白雯再次回到了这个熟悉的地方,那个开始的地方——张一的家。一样的格局,一样的房间,一样的张一,不一样的自己。

王子齐给白雯倒了一杯水,白雯看见王子齐熟悉张一家水壶和水杯的位置,显然,他在这里住很久了。

王子齐知道白雯现在水深火热,什么话也没说,只是安静地坐在一旁。

"姐,我准备退出娱乐圈了。"白雯先开了口。

张一刚要开口,王子齐冲她使了个眼色,自己先回了白雯:"理解……毕竟这么大的事情,可以先缓一缓,暂时不要出现在公开场合。那你以后准备干点什么?"

白雯说:"没想好,想等到自己被遗忘后,找一份正常的工作,重新开始。"

张一又想开口,王子齐起身,拍了拍她的肩膀,和白雯说:"这是好事。"

张一害怕白雯知道了自己和王子齐的事情,而王子齐不让张一开口,是因为他感觉白雯可能还不知道他们的事,还是谨慎为好。他不想把一件事变成另一件事。

接着,房间里一片沉默。

终于，还是白雯鼓足勇气说："张一姐，我今天来，就是想向你求证一件事。"

张一吓了一跳，王子齐又要接话，这回张一拍了拍他："什么事？"

白雯说："五年前，也就是我第一次和马叶喝多的那天晚上，你还记得吧？"

王子齐叹了口气，自言自语说："哦，吓死我了。"

张一说："记得。"

白雯说："那时……我不太好意思问你，你能告诉我当天晚上发生了什么吗？"

张一说："你喝多了，在我家睡的。"

白雯说："当时您家里只有我们，对吗？"

张一看了一眼王子齐，王子齐露出了期待的眼神，看着张一，等待着答案。

张一说："只有我们俩啊，还能有谁？"

白雯再次确认："马叶……没来你家吗？"

张一惊恐地瞟了一眼王子齐："你瞎说什么？他当然没来。我怎么会让别的男人随便来我家？"

白雯说："那之前呢？我在饭桌上喝多后，发生了什么？"

张一打量了一下白雯，问："妹妹，你到底想问什么？"

白雯眼睛红了,她鼓足勇气,终于说了出来:"我想问……马叶当晚是在哪里跟我发生关系的,是怎么发生关系的?"

说完,白雯的眼泪开始在眼眶里打转。

是啊,就是那次被动的关系,她开始了一切,也正是因为那次被动的关系,她的人设一夜建立,也在一晚崩塌。所以,她想弄明白,那天晚上,到底发生了什么?怎么发生的?在哪儿发生的?虽然这一切都于事无补,无法改变,但她就是想问,问清楚、问明白。如果不问,心里的那团火,就会在那里无休止地燃烧,谁也不知道会蔓延到哪里。重要的是,每团火,都有自己燃烧的原因,凭什么自己要烧得不明不白呢?

张一听完白雯的话很惊讶,瞪大眼睛,摇了摇头,缓了一会儿,她问白雯:"发生什么关系?"

此刻,白雯冷静下来,她想,一定是过了太久,张一忘记了。于是,自己直接站起来,说:"性关系。"

说完,她咬了咬牙,捏了捏拳头,仿佛正努力地让房间里的光不要照在自己身上。

张一蒙了,说:"妹妹,你们那天晚上没有发生性关系啊!"

白雯整个人"轰"的一下炸了:"什么?"

张一说:"那天晚上,你喝多了,出去接了个电话,回来又喝了两杯,倒头就睡在了桌子上。马叶那老男人确实对你动手动脚,但没有发生性关系。喝到一半，我也不太想和他们喝了，看他们对你动手动脚，就找个借口带你走了。我记得走之前，他们还阻拦了一下，但我执意要带你走，也是在那时马叶好像接了个电话，说是王子齐打的。挂了电话，他没再拦我们，只是说第二天要再约你，说有正事要谈，你也答应了……"

"那个电话是我打的，在说安排你上这部戏的事情。"王子齐说，"尚鑫在酒店求我，让我给你这次机会，怎么，你不知道吗？"

张一说："我在马路边上问你住哪儿，你一句话也说不出来，我就把你带回我家了。"

白雯愣在那里，说不出话来。

张一又开了口："这些也不重要了，你后来不是都跟马叶那老男人在一起了吗？"接着补充道，"我也是在网上看到的……"

王子齐打着圆场，说："都过去很久了，白雯，你就别再往心里去了。何况，尚鑫也走了，你也要离开这个圈子了，过去的就让它过去吧。"

白雯像是被雷击中了一样，灵魂瞬间消失了。她的眼泪像雨点一样落下来，而她拼命挣脱了肉体的灵魂，像是穿回了很远的过去，又或是很远的未来。那灵魂飘啊飘啊，迷失了方向，又飘啊飘啊地飘了很久，才回到肉体所在的张一的家。过了好久，她才缓过来："原来，那才是我的第一次……原来，这一切都是因为尚鑫……你们……为什么不告诉我呢？"

张一说："我们以为你都知道，何况你也没问我们啊！"

白雯的脑子里飞速运转着：接尚鑫电话时的敲门声，马叶在剧组房间和她结束后的样子，马叶看到床上的红色惊讶又惊奇的苍老的脸，马叶耳鬓厮磨的那些话、那些场景，历历在目……这些场景像拼图一样拼凑出了那一夜，拼凑出了她的过去和现在。

她忽然明白，马叶为什么又给她安排房间又打钱，又要负责，不是因为自己和他发生了什么，而是因为这部戏，本身就是给自己的，马叶心亏，他不过是个控制不住自己的禽兽。

更让她崩溃的是，自己的第一次竟然是主动丢掉的，是潜意识里那个追名逐利的自己丢掉的。自己的第一次竟是个玩笑，是个充满黑色幽默的喜剧，是个让她自己无法接受的误会。

那抹红色，在她的眼前发黑，黑到她的脑袋里一片空白。

忽然，她明白了，如果第一次是玩笑，那就意味着自己的价值观从第一次开始就扭曲了。如果一开始就有这么多信息在提示自己错了，那是不是能证明其实这一切是自己主动选择的呢？不，自己怎么会选择做这么肮脏的交易？不可能，就算选择了，也是为了过上更好的生活。这世界的一切都能交换，包括爱情，包括所有。但自己的第一次，交换到了什么？难道自己的第一次，什么也没交换到吗？

想到这些,她不甘心地带着嘶喊的声音继续问:"那加戏呢?加戏,马叶总帮上忙了吧?"

王子齐说:"戏也是我让他给你加的啊!那天我去探班,我看你演得确实不错,就跟他说……"

"够了!够了!"

白雯打断了王子齐的话,她的眼神瞬间变空了。当她追求已久的真相赤裸裸地呈现在面前时,她竟无法接受:那是一个由误解堆积成的误会,更是自己人生的误差堆积成的误区。顷刻间,她崩溃了。

一个声音从她的喉咙里撕扯出来,那声音一点也不甜美,更不单纯:"姐姐,你为什么不告诉我那天我和马叶什么也没发生?!"

王子齐看见白雯像丢了魂似的,有些束手无措,给白雯递过去一杯水,但被她打翻在地。张一冷静地等待白雯发泄完,才慢吞吞地说:"有用吗,妹妹?没有马叶,还有张叶、王叶,还有更多有权、有资源的人。你不过想出人头地,你不过想要一个理由、一个合理的理由,不是吗?你做出的选择,不是别人帮你做的,是你自己做的,不是吗?"

白雯瞬间冷静了下来,从椅子上滑落到地上,后来蹲在地上,抱着自己的头,眼里沁满泪水。张一说出了自己内心深处一直想说的话,是啊,这一切,不正是自己咎由自取吗?

她站起来，从镜子里看见了自己，又拿起凳子，砸向了那面镜子。伴随着一声脆响，镜子里的她破碎了。

同时破碎的，还有白雯的人设和白雯的心。

张一尖叫着钻进王子齐的怀抱，王子齐紧紧地搂住了张一。一地碎片后，白雯走到门口，冷静地说："我会赔的。"

说完，她打开门走了。

门口两个狗仔装作路人一样，摸着头，立刻转身藏起设备，尴尬地点着烟。白雯无心搭理这两人，门被关上的刹那，白雯关闭了过去的自己。

她走到楼下，知道很多狗仔就在身边，拍着她、跟着她。她停了下来，把口罩摘掉，将口罩狠狠地丢在了空中。口罩随风飞了起来，像是蒲公英，自由地随着风飞翔、落地，像有了生命一般。

她上车，发动了车子，一路狂飙，回到了家。

口罩随之掉落在地上，祥和、宁静。

当天晚上，白雯删除了以往的微博，并关闭了私信评论，只留下最后一条不能评论的微博：

再见了娱乐圈，从今以后，我不是人设，是人。

发完微博，她就卸载了，接着，拨通了张弛的电话，出了家门。

那一刻,她笑得很甜。

十二

随着白雯告别娱乐圈,公众对她的愤恨变成了同情,又从同情变成了怀念。

狗仔对白雯的追逐少了,随着时间的推移,报道也就几乎没了。倘若有媒体报道白雯,跟帖也都是这样子的:

"人家都退出娱乐圈了,你还瞎报什么呢?"
"有意义吗?非要把人逼死是吧?你们这群无聊的媒体!"
"差不多行了!"
"狗仔滚蛋!"
……

白雯笑着跟张弛说,一个人人设虽然崩了,却换来了更大的世界。

在白雯发微博后的一周,王子齐收到了一封信。这封信送到了张一家,上面写的竟是"王子齐收"。送信人当时敲了两声房门,放下信就跑了。

王子齐打开信封,信封里有一张照片,看到照片的一瞬间,他蒙了。这张照片上,清清楚楚地显示着自己搂着张一的样子,照片的一旁是白雯砸碎的镜子。虽然是从窗外拍的,但画面十分清晰。照片的右下角,还写着拍摄时间和一句话——戏已经杀青,两人还藕断丝连。

"你们家怎么有狗仔啊?"王子齐递过照片。

"之前都没有啊!"张一拿起了照片,看了眼,又无奈地放下来。

王子齐叹了口气,说:"其实张琳看不看得到无所谓,我们离婚也是早晚的事情,只是……"

"只是什么?"张一紧张地问。

"只是,这张照片一旦传出去,我的人设就崩了。"王子齐冷静地说,"你的人设也崩了。"

"那怎么办?"张一一下子没了主意,慌乱得像热锅上的蚂蚁。

王子齐点燃一根烟,缓缓地说:"他们既然先给我们看,就说明想谈条件,并不着急发出去。"

张一更慌了:"他们想要什么?"

王子齐翻了翻信封,发现里面还有一张字条,字条上面写着两个字:"一亿"。他翻过纸,字条背面写着"不还价"。王子齐念出字条上的字时,张一脱口而出:"这不是抢钱吗?"

王子齐说:"不给也不行啊。"

"是谁把狗仔招过来的？"张一急了。

王子齐安慰她："这都不重要，现在应该想，怎么解决这个问题。"

正说着，马叶打来电话，他着急地问："子齐，公司早上收到一个信封……"

"我知道。"

"怎么搞的？这么不小心？"马叶埋怨着。

"还不是因为你！"

"什么？"马叶困惑了。

"白雯过来诉苦，说你和她的事，结果后面跟着狗仔。"

马叶说："这都多久了，她故意的吧？"

王子齐说："别管人家是不是故意的，你就说怎么办吧？"

马叶说："公关吧，只能先这样了。明天我去问问他们能不能还价，如果可以，咱们再推进。"

"一亿不是小数目啊。"王子齐说。

"是的，看能不能少点。"马叶回复，"明天我先约他们吧，你别出面。"

"好。"说完，王子齐挂了电话。

张一钻进王子齐怀中，说："我怕。"

王子齐推开她，走到窗前，拉紧窗帘，才回来紧紧地抱住她。

说:"别怕,我在。"

正在这时,张琳的电话打来了,王子齐走进卫生间,接通了电话。

"你在哪儿呢?"

"我……我在看后期呢!"王子齐说谎道。

"看后期?在哪儿看后期?"张琳不依不饶地追问。

"你有什么事吗?"

"怎么,没事都不能打电话了?"张琳说。

"我在忙。"王子齐看了看门外,小声地说。

张琳说:"我接到一封信,里面有一张照片和一张字条。"

王子齐整个人"轰"的一下,蒙了。

张琳继续说:"子齐,我听你解释。"

王子齐说:"既然你知道了,我就不解释了。"

张琳说:"不,我想听你解释。"

"我解释不了,我们离婚吧。"王子齐说道。

她大喊了一声:"王子齐,你,还有张一,都给我等着!"

说完,张琳挂断了电话。

王子齐沉默了片刻,突然感到冷,钻心地冷,于是默默地穿好衣服出了卫生间,面无表情地点燃了一支烟。

张一站起来,抱了抱他:"别那么大压力,我都在,好吗?"

王子齐用手抚摸张一的脸,他看着张一的温柔,心里对比着张琳的霸道，想起了过去的种种，他说："过几天，我就和她离婚。"

张一的眼睛瞬间红了，两行泪"啪啪"地掉了下来："好！"

说完这些，王子齐出了门。

张一后来才明白，自己之所以走不出这段爱情，是因为这样的爱情不管放在哪个姑娘面前，都会让她无法自拔。在爱情中遇到了那个人，会让人盲目到失去正确的价值观，会让人明明知道是错的，还要死命坚持。

中午，王子齐火急火燎地赶到公司。马叶瘫坐在沙发上，手中的一根雪茄已经抽了四分之一，看到王子齐，站了起来，说："谈好了。"

"多少钱？"

"六千万，不能再还价了。"

王子齐沉默着："这事儿还有谁知道？"

"对方说，只寄给了你和……"

"张琳。"

马叶说："是的，对方说，钱一到账，所有的信息都删除，永远不会流传到网上。"

王子齐笑了："这是要用六千万买我的人设啊！"

马叶也笑了说："是啊，谁叫你是名人呢？"

王子齐说："别幸灾乐祸。那你觉得贵不贵？"

马叶说:"准确来说,是六千万买你和张一两个人的人设,而且还要买接下来播出的《爸爸和妈妈》。"

王子齐想了一下,叹了口气:"那好,明天安排汇款,这个钱我来出。"

马叶点点头,拿起手机,拨通了那边的号码:"我们明天汇款,但你必须保证,不能让这个信息泄露出去,一张照片也不行。我们先付一半,一年后没事,再付另一半。"

"半年。"对方还价。

王子齐抢过手机,说:"好,就半年。但你们必须保证,这些照片全部销毁!"

"好!钱一到账,立刻销毁。我们不会食言,我们也是要在圈里混的。"

说完,对方挂了电话。

"可信吗?"王子齐问。

"可信。他们不讲情义,但钱到位了,什么都好说。"马叶说。

"破财免灾吧。"王子齐说。

"你见到白雯了?"马叶岔开了话题。

王子齐看了马叶一眼,说:"是。"

马叶说:"她说什么了?"

王子齐说:"她什么都说了。"

马叶有些不好意思,继续问:"说我什么了?"

王子齐走到门口,转头说:"马叶,下次遇到年轻姑娘,高抬贵手吧,你也是老前辈了。"

马叶无言以对。王子齐打开门,走了出去,留下马叶一个人在办公室里坐着。他孤独地看着被关上的门,自言自语道:"还好意思说我?"

王子齐回到张一的住处,看到她陷在沙发里,流着眼泪,他向张一说:"我已经解决了!"

张一转过脸,没说话。

王子齐一把把她抱了过来,继续问:"怎么了?"

"没怎么!"张一甩过自己的手机,手机重重地摔到沙发另一侧。

王子齐拿过手机,定睛一看,手机里躺着十多个未接来电,还有无数条短信、微信,姓名都是张琳:

"你这恶毒的女人!"

"你抢走我男人,你无耻吗?你还是人吗?"

"无耻!真的无耻!你等着,我不会让你好过。"

"狗男女……"

"何必呢?"王子齐叹了口气。

张一说:"你也别怪她了,我们也有错。"

"你还替她说话呢？"王子齐说。

"我觉得，她这么做，也有她的理由……"

"有什么理由？"王子齐打断了她，"她有理由，我成什么了？渣男？我们成什么了？狗男女？她为什么不想想自己是怎么经营感情的？她是个合格的妻子吗？"

突然，张一哭了："你别对我凶啊，你们都对我凶……"

王子齐见状，心软了，紧紧地抱住了张一。房间的窗帘没有拉。他亲吻着张一的额头，回应着张一经常说给他听的那句话："我在，我都在……"

十三

合适的人在身边是美好的，错误的人在身边就是噩梦。抹去错误的人有两种方式，一是靠时间——时间就意味着遗忘，二是靠金钱——金钱能抹去一切。

只要钱够多，人设就会存在；只要钱够多，人性就会崩塌。

马叶给了钱，半年内，一切都风平浪静。半年后，王子齐补上了另外三千万元。狗仔当着王子齐的面，销毁了所有照片，并保证这些信息会石沉大海，永远不会散播出去。

半年后，王子齐和张一的戏在各大卫视开播，收视长虹。这部家庭剧的诞生,让王子齐的人设巩固升级,让他成了一个家喻户晓的好爸爸。

与此同时,王子齐和张琳也悄然离婚。王子齐放弃全部财产,净身出户,把房子和车全留给了张琳,只要求张琳保证一件事:让他们的婚姻名存实亡,仍旧扮演一对恩爱夫妻,离婚的事不必对公众说明。

张琳同意了。

他们戏里美满和谐,戏外各奔东西。

离婚后的公开场合,王子齐再也不会说感谢妻子了,他会说感谢每一位工作人员,他想让公众逐渐淡忘自己的人设。他本想发一条微博告诉公众,自己和妻子和平分手,可是,马叶、于洋制止了他,说公司层面还是希望把这部戏播完,等电视台回款后再说。

毕竟,此时人设崩塌,必然引起电视台的撤片和恶劣的影响。

为了公司利益,王子齐隐忍了,他选择暂时不发任何声明,等片子结款后,再昭告天下,告诉所有关心他私生活的影迷,自己重新开始生活了。

离婚当天,他默默地打包了所有的东西。张琳没有送他,甚至没有说声再见。在张琳心里,王子齐是个背叛者,他背叛了自己的责任,背叛了自己,这一切,都是他罪有应得。

王子齐来不及伤心,他和张一去了很多地方巡演,所到之处,水泄不通，这个集光环于一身的"好爸爸"人设，就这样在大街小巷传播开来。许多粉丝抱着自己的孩子、带着家人赴约，他们一边热泪盈眶，一边呼喊着："王子齐，祝你和张琳老师早生贵子。"

每当这时，王子齐就僵在原地，尴尬地笑着，然后不安地看一眼身边的张一。张一不说话，拼命地挤出一丝微笑。

有一次，主持人问王子齐："嫂子最近好像没出来啊！也很少见到您提她了，惯例不能少啊，来，我们一起听听王子齐老师对张琳老师的表白！来，一、二、三！"

为了不冷场，王子齐也进入了表演状态，微笑地对全场观众说："老婆，谢谢你！"

主持人说："今天，我们特意安排了一个环节，王子齐老师也不知道。"

"什么环节？"王子齐警觉起来。

"导播，请您拨通张琳老师的电话。"

主持人刚刚说完，张一、王子齐就愣在了舞台上。拨打电话的这段时间里，时间仿佛被拉长了，王子齐的心几乎从胸膛里蹦出，碎成一片一片散落在观众席上。

"喂？"

"您是张琳老师吗？"主持人说。

"是我。"

"是这样,子齐老师现在正在路演,有话跟您说。"

电话那边一片安静。

主持人示意王子齐说话,他拿起麦克风,许久,他说:"老婆,你还好吗?"

那边响起了抽泣的声音,亦是许久,一个声音传来:"嗯,还好,我想你了。"

王子齐的眼睛红了。他颤抖地拿着麦克风,完全忽视了台下疯狂的尖叫。他知道,这场戏,张琳会配合自己演完的。

"嗯,你在外面好好的,我等你。"张琳说完,全场沸腾。

主持人说:"最后说一句吧。"

王子齐说:"老婆,谢谢你。"

尖叫声中,张一转身就下了台。

主持人悄悄问:"怎么了?"

"可能不舒服吧,毕竟跑了这么多场……咱们进行下一个环节吧!"

下了台,王子齐走进张一的房车,张一在车里抽着烟。

"你什么时候学会抽烟了?"王子齐说。

"谢你老婆去吧,管我干吗?"

"可我能怎么办呢?"王子齐说。

"是啊,我们能怎么办呢?"

王子齐凑了过去，跟张一解释着："其实那句谢谢，是在对你说，你才是我老婆。"看张一没理他，又说："这不都为了大局嘛！"

张一说："没事，都是戏，我理解。"说完，吐出一个烟圈。

"真理解？"

"真理解。"

"那你亲我一口？"

张一说："我有些累了。"

王子齐明白张一生气，只是，他也无能为力。

以前她只是局外人，每往局内走一步，就离希望近了些。但现在不一样了，她就是局内人，公众每次提及张琳，都会加固王子齐原先的人设，每次加固，都把她向局外拉出几步。

有时，张一也会恍惚，自己到底是爱王子齐这个人，还是爱上了他的人设。但张一不抱怨，也不指责，就算生气，也只是说自己累了。因为她知道，张琳就是那样，一步步地走出了王子齐的世界。也正因为张一这样，王子齐才走入了她的世界。

于是，张一还是原谅了王子齐，终于，他们路演到了广州——最后一站。

那一场路演人山人海，排队的影迷从一楼盘旋到地下车库，簇拥着、呐喊着。许多女生含着眼泪，举着"好男人"的牌子，有些人从早上排队，一直到下午入场；有些人拿着机票和火车票，还有些人推着行李箱,他们千里迢迢赶来,只为见王子齐一面。免费的票被黄牛炒到了三千块钱一张,人们依旧接踵而至。

下午活动开始,礼堂里挤满了人,有些人站在人堆里,有些人坐在楼梯上,有些男孩只从过道里露出脸,有些女孩甚至骑在男朋友肩上,被保安们劝了下来。保安们紧张地围在第一排,死死地盯着手拿矿泉水瓶的人。

随着人越来越多,王子齐和张一出场,全场爆发出的尖叫声让张一情不自禁地捂住了耳朵。主持人满面红光地打起了招呼:"王子齐老师,张一老师,你们好!"然后侧头对观众说:"你们喜欢吗?""喜欢!"台下齐声回答,震耳欲聋。

"谢谢两位老师和主创团队为我们带来这么一部温馨的作品,我这里收集了一些观众的问题,跟两位互动一下。"主持人拨弄着手卡,还不忘调侃一下,"紧张吗?"

"有点。"王子齐说。

台下传来笑声。

"那这样,我们就先从简单的开始啊!咱们快问快答。"

说完,主持人拿出另一张手卡,上面写着密密麻麻的问题。

"这么多戏里,您最喜欢的是哪个角色?"

"都喜欢,但要说最喜欢,是这部戏里的父亲,让我也感受到了一种当父亲的感觉。"王子齐按照惯例回答。

"有没有比较难忘的经历?"

"见到各位的时候,应该是最难忘的。"他依旧按照惯例回答着。

台下一片尖叫。

这些问题,他已经回答了近百次,每一场,经纪公司都给了标准答案。

"看来王子齐老师真是个暖男,看看这位粉丝的问题啊:您拍戏这么久,想家吗?想您的妻子张琳吗?"

王子齐咬了咬牙,挤出一丝微笑:"想!"

台下继续尖叫着,这一声声尖叫,把王子齐拖入一个巨大的深渊。

"我们知道今天也有很多人在看直播,咱们要不要跟嫂子说两句话?"主持人坚持着。

时间仿佛定格了,张一从背后看到了王子齐脖子上的汗珠渗透出来,像是被追光灯炙烤的,也像是王子齐的灵魂在拼命地往外钻。她盯着王子齐的后背,觉得自己笑得无比苦涩,忽然,她眼前一黑,重重地摔倒在台上。

伴随着观众的尖叫,最后一场活动,就这样结束了。

张一再次醒来,手背上挂着输液瓶,王子齐陪在身旁。医院很安静,除了点滴声,只能听到张一微弱的呼吸。张一看了一眼周围,没有媒体,于是举起了手。王子齐见到张一醒来,眼睛里沁满泪水,他抓住了她抬起的手，笑了："你终于醒了？"

"你说了吗？"

"说什么？"

"观众让你跟张琳，不，跟嫂子说的几句话……"张一说"嫂子"时，故意加重了语气，好像这个世界上只有他们俩知道这个"嫂子"的称呼是多么滑稽一般。

"嗯。"王子齐回答。

"我们分手吧。"张一说。

说着，张一松开了王子齐的手。王子齐的眼眶湿润了，他不想让眼泪落下，于是狠狠地抬起了头。他说："明天，我就发微博。"他继续说："我要给你一个正大光明的家。"

说完，张一泪如雨下。

十四

白雯消失后，没有人在公开场合见过她。有人说她自杀了，有人说她离开中国了，有人说她改名了。总之，尚鑫和白雯，都逐渐从公共视野中消失了。

人们很快就忘记了他们。从大家都在热烈地讨论他们，到偶尔茶余饭后想起来说两句他们曾经的人设，到再也没人谈论起他们，不过转瞬之间。

人是善于遗忘的动物。

王子齐不一样,他还是那么红,从这部戏开播到现在,他上了许多次热搜,但这次上热搜,与作品无关,而是因为那条他早就想发的微博:

我和张琳于一年前和平离婚,谢谢大家的关心。在婚姻存续的七年里,我们共度了一段难忘的人生。离婚后,我们也是好朋友。感谢缘分,感谢每位朋友的关注。

微博一出,舆论哗然。

很快,这条微博被转发了几万次,迅速上了热搜。而这热搜不必买,媒体费也不用出,这么大的新闻,媒体只顾争相报道,发表着评论。

群众也忙着吃瓜:

"不会吧?"

"是不是为了新戏炒作啊!"

"如果真的分了,那你一定是个渣男!"

"你都离婚了,巡演的时候还炒作自己妻子!"

"是你出轨了吧?"

"估计是张琳老师在家耐不住寂寞。"

"可惜了,刚刚有部好片子,家庭就出了这么大问题。"

"肯定是张琳出轨了,毕竟王子齐是个好男人啊!"

……

随即,张琳的微博也被攻陷了:

"你是不是出轨了?"

"哼,王子齐这么好的男人,肯定是你错了!"

"好难受啊,你赔我的信仰!"

"贱女人!"

"还打卡学英语,还考研究生?要脸吗?"

……

此时,张琳在学校里,一边上课,一边翻阅着一条条留言,许多事情在脑海中被放大、被扭曲,自己受的委屈历历在目。她咬牙切齿,走出了教室。

十五

几天后,王子齐收到了一条熟悉而陌生的短信。陌生是因为自己删除了这个人的号码,熟悉是因为这串号码伴随了自己那么长的过去,早就背了下来:

"希望你处理好自己的事情，不要让这些人再到我这里来谩骂了。如果再有人攻击我，请你负全部的责任。"

王子齐知道，这件事情已经波及了张琳，甚至影响了张琳的生活。

于是当天晚上，他又发了一条微博：

"请大家不要评论我的前妻，每个人都有自己选择生活的权利，希望能给我们一些空间，王某拜谢。"

这条微博因为发在黄金时间段，很快就再次上了热搜。

然而他不曾想到，这条微博反而给张琳惹来了更大的麻烦。因为许多网友压根儿不知道张琳还有微博，不知道这件事对张琳还有困扰，于是加速了这件事情的逆向化，网友们纷纷表示：

"你看，一个好男人，离了婚还三番五次为前妻说情，你想他前妻做了什么可恶的事。"

"估计是出轨了。"

"@ 张琳 传送门，不谢。"

"就这种人还打卡学英语呢？"

"考虫是什么？伊庭是谁？张琳怎么还给他点过赞？"

……

那天晚上，张琳失眠了。

她没想到王子齐的声明竟然给她带来了更可怕的网络暴力，网友们翻出了王子齐历年获奖时的感言,发现每次感言,他都在感谢自己的妻子张琳,而张琳的表情并不是一脸满足,而是无动于衷的冷漠。网友们一边转发,一边咒骂着:"哼,什么妻子啊,老公这么好也不知足!"

张琳崩溃了——自己明明没有错,不过是为前夫保密成全他的人设,怎么一夜之间自己成了众矢之的,成了出轨的潘金莲,这要跟谁说理去?

第二天早上,王子齐被手机铃声惊醒。他俩昨夜熬了一晚上,刚刚睡着。王子齐以为是闹铃,便随手挂掉了,再看了眼手机,吓了一跳——手机里,十多个未接来电和三十多条短信,都来自那个熟悉又陌生的电话号码——张琳。

最后一条短信清晰地写着:你要再不接,后果自负!

他来不及翻前面的信息,见张一还在熟睡,小心翼翼地回复了一条短信:"对不起,我刚起来,什么事?"

一分钟后,手机响了,短信里冰冷冷地躺着两个字:

"晚了。"

王子齐睡不着了,他坐了起来,床边温柔的声音说:"亲爱的,怎么起得这么早?"见王子齐没说话,她也揉了揉眼睛坐了起来,"怎么了?"

王子齐只说了两个字:

"坏了。"

张一拿过王子齐的手机,打开微博,定睛一看,瞌睡荡然无存。

手机上的每一张图都清晰可见,它们就像病毒一样,传播到了每个看客的手机、电脑和脑海里,成了热议的谈资。

张琳的微博只有一句话:

"这才是真实发生的事。"

张一看到那张熟悉的照片,那张被王子齐花了六千万元买下的照片——那熟悉的脸庞在公众的关注下变得扭曲,幸福的笑容在公众的审判下变得委屈。终于,她颤抖地说:"这张图……我们不是都花钱买了吗?"

"是。"王子齐同样颤抖地说,"但没有买张琳手上的那一张。"

"子齐,那怎么办啊?"张一的眼眶红了,嘴巴颤抖着。

王子齐的脑子停止了转动,他最担心的事情还是发生了。如果现在就公布自己和张一的恋情,势必会引起更复杂的轩然大波:

"怎么刚离婚,就找到下家了?"

"是在婚内就好上了吧?"

"这是赤裸裸的出轨啊。"

"就算之前好了,怎么没说呢?隐瞒公众?如果不爱了,为什么还要在宣传的时候炒作?"

倘若不说话，自己出轨就算实锤了。

他不知道自己能做些什么，无论如何，这一次，人设彻底崩了。

他刷着手机，关注着事态的发展。从这张图的发酵，到抢占娱乐媒体头条，再到自媒体的文章，只要加上"王子齐"三个字，就能篇篇十万以上的阅读量，事态发展之快远远超出他的想象。

王子齐的团队不停地买热搜，这回，买的不是上热搜，而是撤热搜。撤热搜的费用比上热搜还贵，但民意很难买下来，买下"王子齐出轨"，结果又上来了"王子齐"；买下"王子齐"，结果又出来了"王子齐老婆"。他们买着买着，直到一个话题又上了热搜——"抵制王子齐的戏"。

当天，马叶接到了一个电话，告诉他台里领导看到了网上的评论，也接到了许多投诉电话，说这部戏带来的社会影响可能会很恶劣，至少它在暗示青少年结婚后出轨是正常的，威胁到社会的和谐和稳定。于是，组织讨论，这部戏先停播，等风波过了，再播后面的内容。

一部热播剧的停播，意味着这部剧的灭亡；这部剧的灭亡，就意味着投进去的款回不了本；尾款结不了，公司就面临完蛋。

王子齐得知消息后，十分震惊，他对马叶说："我没有出轨，为什么要下架我的戏？"

"是啊，你没出轨，但谁信呢？"马叶冷冷地说。

第二天，王子齐和公司的团队开会，投影上，尴尬地放着王子齐和张一的那张亲密照。几个人坐在办公室里，面面相觑，不知道该怎么开口。整个会议室很安静，直到一个电话打了进来，马叶接完电话后终于开了口："和我们合作密切的几家广告公司也撤了，公众对好男人出轨的事情，不太能接受。"

"我这算什么出轨啊？"王子齐说。

"那怎么办？你讲给大家听？"马叶说。

王子齐敲着笔，会议室又是一片寂静，于洋先打破了僵局："我建议直接起诉她造谣。"

大家看着他。

于洋继续说："我们先发律师函在网上，怎么判咱不管，但大多数粉丝是不懂法的，以为律师函就是判决书，咱们先把脏水泼回去！"

王子齐停止了敲笔，他想到张琳和自己这些年的感情，虽然并不和谐，但回泼脏水的事情，自己还真做不到。

"还有其他办法吗？"王子齐说。

一个小伙子说："子齐老师，还有个办法，您把前因后果写清楚不就行了？您就说和老婆早就没感情了，和张一姐早就开始了，只是拍戏太累没时间离婚，观众会理解的！"

于洋一巴掌拍到了小伙子头上，埋怨道："观众能理解个啥？这样人设不就崩了？"

"人设本来就崩了啊！"小伙子小声嘀咕着。

于洋也急了，巴掌还在不停地打着，口里喊："屁话多，屁话多！"直到被一个声音打断：

"那就写一篇声明吧！反正人设已经崩了！"

这是王子齐说的。

马叶灭了烟："你想怎么写？你看看媒体今天的报道，都说你人设崩了。你越这么写，人设就越要崩塌。"

于洋说："就是，今年啊，我看就是人设崩塌年。尚鑫也崩了，白雯也崩了，您现在也摇摇欲坠。我觉得，就要告回去，要不然咱们苦苦经营的人设，就没了啊！"

马叶也补充道："我同意。子齐，我知道你重感情，不想回击。但你要考虑到，如果不回击……你看看白雯现在，现在谁也不会找她拍戏了。何况你们已经离婚了，在法律上，你们没有关系了。"

"就是！"大家附和着，屋子里热闹起来。

此时，张一进来了，她没化妆，疲倦地坐在王子齐身旁。

王子齐看了眼张一，摸了摸她的脑袋，又看了眼周围的人，过了许久，他说："我累了，不想隐瞒了，也不想演了，我把前因后果……写给粉丝看吧。"说完，张一使劲地握住了他的手。

"万万不可啊！谁会看啊！"于洋高声劝着。

"我未来的孩子，他会看到。"

现场所有人，瞬间鸦雀无声。

"别说了，我已经决定了！一会儿，我就告诉大家真相。"王子齐继续说，"我累了，就想要一个家，和其他人都无关。"

"可是，您的人设呢？"于洋着急地说。

王子齐没有抬头，咬了咬牙，从牙缝里说了那句自己一直想说的话："我他妈是人！"

所有人一听，愣在了原地。

第三章

我是人

一

"各位好，我是演员王子齐。

"经过这些天网络上的狂轰滥炸，我知道是我错了，我隐瞒了和张琳感情破裂的事实，这不仅给我也给她带来了很多麻烦。我和张一确实恋爱了，而且是彼此真心相爱。她很柔弱，受不了这么大规模的网络攻击，希望大家放过她。之所以没有早些离婚，仅仅是因为我一直在拍戏，没有时间坐下来和前妻聊聊，她也没有派任何狗仔来我家偷拍。这件事情很复杂，但和张琳、张一都无关。我再次向大家道歉，我错了，我真的错了，求求你们，不要再讨论了。"

张一也转发了：

"我是演员张一，'一'是一心一意的一。我不是小三，也不是什么浑蛋，我只是一个敢于追爱的女人，我愿和子齐共患难。"

白雯蹲在尚鑫的墓前，把这两条新闻读给他听："尚鑫，你离开是对的，我离开也是对的，这世界对我们好像都不太友好。你在那个世界一定要好好的，无论有没有人对你好，你都要好好的。"

说完，她对一旁站着的张弛说："张弛，你的素材又来了，不写写吗？"

张弛笑了笑，叹了口气："不写了。"

白雯也笑了笑，她剪掉了那头长发，那头令无数人夸赞的长发。她笑起来依旧那么可爱，只不过少了许多风情，多了几分沧桑。

她翻开网上的信息，对着尚鑫的墓说："一休，你看，走了也好，走了就再也听不到这些声音了。"她抚摸着墓碑，微笑着继续说，"我们的人设都崩啦，你崩得最快，也崩得最有个性。我大不了不干这一行了，可你连命都不要了。走前你还开了个玩笑，说你错了，你哪里错了啊？你的人设可能是错了，但你本人哪儿错了啊？"几只乌鸦在远处哇哇地叫着。风吹动着地上刚冒头的草，草尖前后摇摆着，像是在点头。

"这些天我好像明白了些什么，没了人设，人生好像宽广多了。你说，当初我们为什么一定要有个人设呢？你头发都没了，还起了个伤心的名字，我怎么没想到……其实你是世界上最难过的人。"白雯眼睛红了，她抽泣着继续说，"你还给那么多人带来了快乐，可现在，谁还记得你啊……"

白雯蹲了下来，张弛也跟着蹲了下来，他搂住了白雯。

白雯把头埋在张弛的胸前，泪水沁湿了张弛的衬衫。

山上空无一人，几棵大树摇曳着枝叶，墓碑在泥土里耸立着，像是在表达着什么。微风吹起那些沙土，打在了它们身上。

"我再也不会离开你了。"张弛在一旁，紧紧地搂着白雯。

墓地里的几只野猫，正伸着懒腰，乌鸦停在树杈上，看着这对新人和旧人告别。

许久，白雯吸着鼻子说："一休，你看，现在网上都是议论王子齐的。还有人问，是尚鑫的在天之灵在惩罚他吗？我想肯定不是的，你那么善良，那么人畜无害，你只会给人带来欢笑，痛苦都是自己扛。"

她站了起来，紧紧地牵着张弛的手，说："对了，一休，我找到能托付一生的人了。"她搂着张弛，像介绍朋友一样，对着那座墓碑说，"这是张弛，他很爱我，我也很爱他。哦，他原来是个自媒体作者，现在跟我一样，是一家餐厅的老板。我们准备去云南开一家餐厅，那里没人认识我们，我们会重新开始。"她拉了拉张弛，继续说，"快，你也跟他说两句，一休人很好，他会保佑我们的。"

张弛用手抚摸了一下墓碑，清理了墓碑上的灰尘："尚鑫哥，当年我非常喜欢你的表演，也写过关于你的文章。但如果知道你顶着这么大的压力……我宁可当初不看你的电视剧。没想到我们第一次见面是在这儿。白雯把她的故事都讲给我听了，放心，我会照顾好她的。"说着，他更紧地握住了白雯的手，"不是替你，而是替我自己。"

白雯的眼眶红了，她继续说："天堂应该没有人强迫你做不喜欢的事情了吧？那就改个名，植个发，好好地过一生！"

乌鸦继续叫着，空气凝结了，两人在墓碑前深深地鞠了一躬。

忽然，一阵手机的振动声打破了寂静。白雯看了眼张弛，张弛急忙解释，说："不是我的。"

白雯接通电话，一个声音传来："您是白雯老师吗？"

"我是。"

"我们是电影制作公司的，最近我们正在筹拍一部戏，戏里面有一个角色，我觉得特别像您之前演过的一个角色，非常符合您的风格，价格……"

话没说完，白雯就挂断了。

张弛笑着说："怎么？不接？"

"再也不接了。"

白雯笑着关掉了手机，在尚鑫墓前挖了个洞，把手机埋了进去，她一边填土一边说:"尚鑫,之前总不愿意接你电话,对不起。让我的过去陪你吧。"

说完,她站起身,对张弛说:"咱们走?"

张弛点了点头,走出墓地时,乌鸦飞走了,天上的云散出一道缝,泼洒下来的阳光刚好打在了尚鑫的墓碑上。墓碑上飞落一只乌鸦,哇哇地叫着,像在说着什么。

二

"真的要走吗?"办公室里,马叶问于洋。

于洋正在收拾最后几个文件夹,说:"嗯。"

王子齐在一旁抽着烟。

"子齐待你不薄啊!"马叶在一旁,努着嘴说。

"没事,我能理解。"王子齐说,"咱们也好久没接到活儿了,人都要活,人都会散。"说完,他走到于洋身边,拍了拍他的肩膀。

于洋说:"哥,对不起,之前受您的恩惠太多,也没来得及回报,以后……"

"别说以后了,过好现在就好。"王子齐说。

于洋鞠了个躬,转身走了。

临走前,他说:"子齐哥,以后如果你需要我,只要一个电话,我万死不辞。"

门关上后,王子齐对马叶说:"其实他人不错。"

一会儿,另一个人从里屋抱着一个盒子走了出来。她身材魁梧、高大,站在两人面前,迟迟不说话。

"陶红,你也走吗?"王子齐说。

陶红说:"嗯。以后您如果有需要,只管随时叫我,我都会回来。"

王子齐从口袋里拿出一个红包:"这个红包你拿着,谢谢你写了这么多好文章。"

"不用,王老师。"陶红推托着。

"拿着吧。"王子齐说,"你有什么打算?"

陶红说:"想做点不一样的事情。"

王子齐没有继续问下去,他使劲地拍了拍陶红的肩膀,说:"嗯,加油!"

"嗯!"

说完,陶红也走了。

"谁都有自己的选择。"马叶说,"你呢,以后有什么打算?"

"这段时间先避一避风头吧,准备迎接新生命。"王子齐笑了,这回他的嘴巴咧到耳朵根。窗外雾霾重重,站在高处看不到远方,甚至也看不到地面,但王子齐的眼睛清澈起来。

马叶拍了拍王子齐的肩膀,打开了空气清新器,风吹起了他的头发:"这是这段时间我听到的最好的消息了。"

"也是我这辈子遇到的最美的事情了。"王子齐说。

三

几个月后,王子齐的公司宣布破产,因为电视台没有回款,大量的投资撤资,入不敷出,公司人员解散。他的社交媒体再也没有动静,狗仔也找不到他,无论在门口蹲多久,就是不见他的踪影。马叶被跟踪了几次,但不是和投资方见面,就是回家带孩子,也没什么可报道的。王子齐更是消失在了人海中,那封道歉信成了他最后一条公开的信息。

狗仔找不到王子齐,也找不到张一,却拍到了几个月后再婚的张琳。老公依旧比她小很多,两人站在一起,张琳依旧小鸟依人,靠在他的肩膀上。

网络上的骂声从未停过,几个月后,张琳在社交媒体上发了一条信息:"我走了很远的路,才找到了幸福,希望键盘侠们积点口德。"

此时,一家私立医院里,护士焦头烂额地擦着汗,嘴里不停地喊着:"使劲!使劲!"

病床上那只纤细的手紧紧地抓住一旁满脸胡楂儿的王子齐,她瘦小的脸蛋上一行汗珠流到了脖子上。她咬着牙,使着劲。

病床前的牌子上清晰地写着:"张一,女,33岁"。

王子齐站在一旁,眼睛里满是泪水。他紧紧抓住张一的手,口罩后面是他紧咬的嘴唇,汗也从他的脸颊流下。

两个护士一个在下面按着肚子,一个在上面拍着背,一开始,张一还能喊,还能蹬。两小时后,张一已经没有力气叫喊了,只能从喉咙里隐隐约约发出痛苦的呻吟。

王子齐摘掉了口罩,络腮胡子挡住了下巴和嘴。他狠狠地叹了口气,不停地说着:"对不起,对不起……"

"家属请控制情绪啊!"护士没好气地说。

"要不然你先出去,在这儿也帮不了什么忙。"另一个护士也开了口。

王子齐戴上口罩,迸发出眼泪,他求着情:"我不激动了!我不激动了,让我陪着,陪着好吗?"

"老公……"张一虚弱的声音从喉咙里传来,"你出去吧,放心,我能行。"

说着,张一用不大的力气推了一把王子齐。正在拍背的护士也站了起来,使劲推了一把王子齐:"家属,你去外面等会儿吧,别影响孕妇。请你配合。"

王子齐含着眼泪抓了抓张一的手。

"你别搞得像生死离别一样。"张一挤出一丝微笑。

"老婆,我都在。"他学着张一的语言。

说完,王子齐跌跌撞撞地出了产房。他看了看表,已经是凌晨两点,从张一进产房到现在,已经过了三小时,医生建议她剖宫产,可她就是不愿意,因为她听别人说顺产的孩子更健康。

他坐在外面的椅子上,双手合十,过去的一幕幕在脑海中浮现。这一年,自己的公司散了,事业跌入谷底,残存的婚姻破裂了,塑造的人设坍塌了。他万万没想到,自己的生命里即将迎来一个新生命,他想着想着,陷入沉思。人生百态,千回百转,真是让自己哭笑不得。是命运在跟自己开玩笑吗?还是命运从来都在认真地对待自己?

忽然,他听到了"哇"的一声。这声啼哭划过夜空,穿透他的身体,打入他的心脏,直抵灵魂。他一个箭步冲入产房,护士倒提着一个大胖小子,拍打着他的背。他看着孩子,眼泪一下流了下来,孩子啼哭着,而他一边哭一边笑。

"是男孩!"护士说。

病床上的张一此刻正闭着眼睛,头无力地靠在肩膀上,一只手耷拉在床外。见到张一这副模样,王子齐一下子蒙了。

"老婆!老婆!"他大喊着,"我老婆怎么了?我老婆怎么了?

不要啊！"

空气仿佛静止了。

"这位家属，你能别那么多戏吗？"护士说。

"母子平安。"护士继续说，"她太累了，睡着了。"

王子齐擦干泪水，笑了。他摸了摸她的头，再次走到了婴儿身边。护士清洗着他的身体，他哇哇地哭着，仿佛正抱怨着这个世界。王子齐看到了他两腿中间的那个小玩意儿，那玩意儿很大，大得不像个婴儿的。他看着那个部位，"扑哧"一声笑了。

护士好奇地问："笑什么？"

他说："这小子，以后肯定是个色鬼。"

护士也笑了。

"老公……"张一睁开了眼睛。

王子齐跑了过去，拨开张一的刘海儿，说："老婆，是个男孩，大胖小子。"

张一笑了笑，问："想过叫什么吗？"

他盯着这个如此可爱的男孩，若有所思。从孩子的眼睛里，他仿佛看到了整个世界，他一定会有精彩的人生，有着谁也不能指手画脚的未来，有着多彩的方方面面，有着自己说了算的一生！

想到这儿，他脱口而出："就叫人生好吗？"

"这个名字好，人参大补，棒！"两个护士议论着。

张一笑着，等她们说完，她看了看那个闭着眼睛刚刚睡着的天使，她说："人生是自己的，人设是别人的，人生好。"

说完，王子齐也笑了。

四

一个月后，云南丽江边的一个村庄里，多了一户人家。他们白天在城里的餐厅工作，晚上开车回到家里。生活不紧不慢，有条不紊。

据村民说，女生很娇媚，男生很年轻。

女生叫白雯，男生叫张弛。

据说男生经常出差，女生一边招呼着餐厅，一边照顾着男生。村民们还听说，这个女生曾经是个小有名气的演员，或许也只是像那个演员而已。

两人一直没结婚，但据说很幸福。

村民们还说，那男生一脸单纯的样子，眼睛里总是闪烁着对女生的崇拜。村民们还说，这也许就是最好的爱情吧。

五

王子齐再次回到公司时，孩子已经满月。公司门口贴着封条，玻璃上的灰尘厚到看不清里面。他撕掉封条，拍了拍灰尘，和马叶走了进去。

"能重新开始吗？"马叶一边扶起歪歪扭扭的桌椅，一边问。

"我又不是劣迹艺人，怎么不能重新来啊？"

"那钱呢？你想过吗？钱从哪儿来？"

"还没有，我想宣布复出的消息，看看有没有人愿意投。"王子齐一边说，一边扶起一张桌子。

"不用那么惨吧？"马叶拍了拍椅子上的灰尘，坐了下来，他点燃了一支烟，"唉，如果东山再起，你最想先拍什么？"

马叶也丢给王子齐一根，王子齐点燃烟，吐出一个斗大的烟圈，烟圈飞到天花板，散了："我想演个杀手，一直想演。"

马叶笑了："我一直想问呢，为什么啊？"

王子齐又抽了口烟："就是想把生活里的压抑在戏里都给释放出来，该砍的砍，该杀的杀。装够了，不想装了。"

马叶笑了，拿起手机，拨了一串数字。随即门外响起了振动声，随着马叶那句"进来吧"，一个西装革履的人接着手机走了进来，他笑着说："哥，那就砍个够、杀个够吧。"

王子齐抬起头,一眼就看出,那个笔挺而轩昂的男人就是曾经跟随了自己多年的经纪人于洋。

　　王子齐笑了,说:"演杀手不红怎么办?"

　　"那不重要,重要的是——那是你的梦想。"

　　"那亏了呢?"王子齐说。

　　于洋说:"我来投,不怕亏。"

　　王子齐站了起来,紧紧地抱住了于洋,两个人笑了起来,王子齐的脸上挂满了泪珠。

第四章

我是每个人

一个纪录片导演正在采访一群人。

他架好机器,调试好话筒,这几个人将会聊聊"人设"这个主题。

一

我叫于洋,就职于一家艺人公司。

我 22 岁入行,进入公司后,老板给我的第一个职位,就是令人艳羡的艺人经纪人。然而,我从来没想过自己会成为经纪人。

我之所以会成为经纪人,不是因为我有什么远大梦想,而是因为当年的我太喜欢看电视了。所以,我当时的梦想是成为一名演员。

演员好啊，可以认识漂亮姑娘，可以赚钱，可以被万众瞩目。

面试当天，老板看了看我的长相和身材，跟我说："你还是适合做演员经纪人。"

我问："什么叫经纪人？"

他说："就是演员背后的人。"

这句话其实挺伤人的。这句话的意思是说，你已经告别了台前，幕后才是你的世界。

我不懂，凭什么长得难看就不能当演员？有那么多长得难看的人不都是好演员嘛，何况我不难看啊，我只是不好看而已。

于是我当面列举了好多难看的演员的名字，老板是这样回答我的：

"嗯，这些例子举得好。"

然后，就没有然后了……

为了生存，我打算"曲线救国"，先干着吧。经纪人的职位，我一做就是一年。这一年，我认识了很多电视里的明星——那些所谓的大腕儿。

我曾经好奇那些演员为什么会有如此完美的人生，可是当我接近他们的时候，才发现这些人并没有完美的人生，那都是包装出来的人设。这个世界上并没有真正完美的人。经纪人的责任就是打造人设、包装人设、维持人设。

我进步得很快,这一年里,我从经纪人助理一路做到经纪人。也就是在那个时候,我认识了好多明星,其中一个,就是现在的著名演员王子齐。我和王子齐很投缘,很聊得来。

那一年,王子齐才25岁,刚入行拍了第一部电影,其实在那部电影里就是个男十八号。电影内容我有点忘记了,但我记得,他扮演的是一个为爱而生、为爱而死的角色,戏不多,但他很勤快,总是找导演聊天。

那部电影的导演叫张琳,后来,她和王子齐结了婚。之后,王子齐开始接演大量的好男人角色:要么是模范丈夫,要么是模范男友,要么是模范男神。几部戏后,他的人设一下子就树立起来了。

我的业务,是从服务很多明星到只为王子齐一个人服务。一方面是因为他的戏越来越多,另一方面是因为他就是我要找的那位明星——他对我很好,许多明星和演员刁难经纪人,有时候还骂经纪人。但他从来没骂过我,一次都没有。

我负责提醒他每次出门穿什么,提醒他什么不应该吃,什么含糖量高,什么局不要去,什么人不要见,什么活动要参加,应该说什么,应该怎么演,甚至怎么处理自己的私生活……说白了,我就像他的"妈妈"一样。

他是我最好的朋友,没有架子,也没有偶像光环,至少在我这里没有。我做的所有事情,都是为他建立人设。这个圈子里,人设是最重要的保障，没有人设，就不是名人。其实我最能看到这些人的 AB 面，但我不会说。家家有本难念的经，据我所知，王子齐在家很受欺负、没地位，老婆管得严。这样的感情不会持久，当然不会，一方那么强硬，一方那么软弱，不平等的关系怎么持久？

我还记得那个夏天，王子齐和另外一个制片人马叶把我约到了一家咖啡厅，他们告诉我一个秘密：他们想单独成立一个公司。这个新公司，有一大半人都是从原公司出来的，他们受不了这家公司对艺人和员工的敲诈，于是他们决定自立门户，签约新的艺人，去敲诈别人。我用"敲诈"这个词可能不太好，但这个词一开始就是马叶说出口的。

我本来不太愿意跳槽，但王子齐用那种眼神看着我时，我真心不舍得离开他。

后来我辗转反侧，一丝希望燃了起来：我是不是可以转行当演员，重拾我的梦想？

第二天，我跟王子齐说，去可以，你们希望我做什么呢？

到今天，我还忘不掉马叶的那句话："你还能做什么？当经纪人啊！你多么适合啊！你不能自己毁自己的人设啊！"

那时我才知道，原来我也有自己的人设。

王子齐还添油加醋地说："对啊，还当我的经纪人！"

尽管这样，我仍旧坚持着我的梦想，那天，当我提出想演戏时，他们竟然异口同声地说:"你啊,还是当好经纪人吧。"

我权衡了很久,最终决定,还是跟他们去吧。

毕竟王子齐还年轻,拥有更大的潜力,他一走,如果公司再给我一个难缠的艺人,怎么办?何况,王子齐给的待遇也很高,基于这些原因,我思前想后,还是决定去他们的新公司。

就这样,我从一家大公司的经纪人,变成了一家小公司的经纪人。

在新公司里,我不是没有努力过,有时候和制片方谈合作,偶尔夹带一点私货——比如我可不可以演戏,哪怕是一个小角色,我也会努力地去尝试、去体会。

其实,我演小角色都演得不错,但导演根本看不到我。每次演完戏,大家都拍着手说:"王子齐老师,你演得太好了!"

谁也没发现,我也有表演天赋。

于是,我就这么干啊干啊,直到我越来越适合做经纪人。对于这个行业,我已经轻车熟路,许多演员都来找我,我越来越知道应该把谁安排到哪部戏中。工作久了,有时候连我自己都忘了,自己曾经想成为一名演员。

我的人设是个经纪人。

和王子齐在一起的十年里,我们接下了不少戏,他的戏永远是出道时角色的翻版:那些所谓的"好男人"。

我知道，他一直想演一个柔情的杀手，因为他的桌子上贴的永远是《这个杀手不太冷》里的里昂。

但我不能让他演，就像他不能让我演戏一样。我们的人设，都不能崩塌，这个世界很有趣，你要有人设，就不能太任性。

其实他跟我说过无数次想要离婚的事，但永远被我驳回。我告诉他，人设永远不能崩，人设一崩，万事皆空。

他总是能听进去我说的话。第二天，还是站在舞台上高喊着："老婆，我爱你！"

他能怎么办，或者，我能怎么办？我们都身不由己啊。这个社会是我们想怎么样就怎么样的吗？不是吧。

后来，我们认识了尚鑫、白雯。他们的事情，你们都知道了，网上也都有，我就不说了。

当我知道张一和他在剧组同居时，我是有些高兴的，所以我跟剧组所有人说，他们在谈戏，不准过问。因为王子齐正在寻找一条属于自己的道路，或许，这一次是他可以选择自己爱人的机会，重新选择生活的机会。

我没想到，这些会被人拍下来，发到了网上。

在这个圈子里，一个人的人设一旦崩塌，这个人的一切就彻底完了，什么戏也演不了了。

当时我就猜到他要解散工作室，毕竟入不敷出，于是提前交了辞职报告。他没有挽留我，临走前，他拥抱我时，我哭得稀里哗啦。他以为我舍不得他，可我知道，我哭，是因为我当不了经纪人了。

嗯，我的人设要崩塌了，说实话，一开始我并不喜欢这个人设，可后来习惯了，再后来，我离不开这个人设了。

我离开他之后，一个人开了一家公司。不创业不知道，一创业我才明白，这些年在圈内的资源，已经足够让我拉到投资，找到大腕儿站台，独立制片。

这一年，我投了好几部戏，赚了不少钱，但我不再是从前的经纪人了。

他们开始叫我于总了。

是啊，他们竟然叫我于总了，虽然还有人见到我会喊于经纪人，但越来越多的人开始叫我于总，越来越多的人影响着越来越少的人，于是我彻底变成了于总。既然公司赚了些钱，我也想帮帮那些曾经对我特别好的人。

那天，我刷微博，忽然看到王子齐和儿子合影的照片，哎哟，当时我就泪如雨下——他终于用人设换回了人生。

当天我就找到马叶，问他王子齐是不是要复出。

马叶说，有可能，他去问问。

一个月之后，马叶让我在门口等他。他会带着王子齐回我们一起工作的地方，如果顺利，他会复出。只是，现在资金紧张，谁也不给他投钱,怎么东山再起呢?

我说,我来投啊。

马叶笑了,你一个经纪人,哪儿来的钱?

我也笑了,我说,马老师,我现在可是于总了,你见过一个老总没钱吗?

马叶拍了拍我,说,感恩,感恩。他知道,我的人设从一个经纪人,变成了一个公司老板。

那天,我在门口,听到王子齐说的那句"我想演一个杀手"时,瞬间鼻酸。这些年,他真的彻底打破了人设。虽然这次尝试可能会失败,但我会陪他一起,无论风雨,无论失败与挫折。

这次,我来帮他实现这个梦想。这部戏,我来给他投资,我来给他找编剧,我来给他找制作团队,让他演一个柔情的杀手,让他实现自己的理想。

这部戏,我会让编剧把男二这个角色写得淋漓尽致。

你问谁是男一?

哦,忘了说,我是男一。我的戏,我当然可以演男一了。

什么,我人设又崩了?

我早就崩了啊!那又如何呢?

二

我叫小红,是个健身教练,毕业于体育大学。

我学的是武术专业,你看我的身材就能看出来吧,但我有一颗文艺的心。我大一去了广播站,在广播站成了一个文学编辑,对,一个身材魁梧的文学编辑。

说好听点我这叫文武双全,说不好听其实就是个"万金油"。

我的文笔还不错,校刊上经常刊登我的文章。我采访老师、同学、领导,把他们的故事写成一篇篇文章,我写人物写得还不错,尤其是细节。毕业后,我先去了一家报社,后来又去了一家艺人公司负责公关稿。再后来那家公司倒闭了,我重操旧业,现在在一家健身房里当私人教练。

我的学生特别喜欢我,尤其是男生,他们报了我的课后,续课率很高,原因是我既教他们健身,又能在休息时跟他们聊娱乐圈的八卦。

我很喜欢当健身教练。我的时间很充沛,几乎都由自己来支配。早上可以睡懒觉,很少有人让我在早上给他上课,就算来了,我也会告诉他,早上训练没有下午效果好。现在,我已经在这家健身房工作一年多了。我见过无数的人坚持了,放弃了,又坚持了,又放弃了。

坚持和放弃就像是每个人生命中不停切换的两个频道，真的，只有坚持下来的人，才能练出一身肌肉，才能把脂肪减下来，嗯，就是形成新的人设。

放弃的理由成千上万，坚持的理由就只有一个：我想坚持。

我是不是太鸡汤了？

好吧。

在这一年里，我看着形形色色的人来我这里训练。他们有些是胖子，有些是瘦子，有些是有钱人，有些是穷人，有些是老板，有些是学生。无论是谁，坚持下来的，总是少数。毕竟，这个世界的诱惑太多啦！你跑了四十分钟的步，但在结束后吃了一个汉堡，消耗掉的热量就全吃回去了。当然，很少有人能控制住自己的嘴，这世界上有那么多好吃的、有那么多好喝的，为什么要和自己过不去呢？

自从我当了健身教练，时间是自由了，但饮食好像就不太自由了。我已经很久没有晚上吃过东西了，主食和肥肉肯定是要说再见的。现在每次吃东西前，我都会先思考一个问题：这玩意儿的卡路里到底有多少啊？

跑题了是吧？

有时候我真的很怀念当记者和写手的那段日子，跟着明星辗转四处，想吃什么都可以，写写文章就能赚到钱。身材如何也并不重要。

但我发现自己回不去那个状态了,还是健身教练更适合我一些。一来有非常充沛的时间可供自己支配,二来还能跟别人说几句真心话,聊聊真实的想法。之前跟着的那个明星,唉,几乎没什么实话可以说,他有他的人设,我也有我的人设。

我不太想提曾经跟过的那位明星是谁,他的人设崩了,导致身败名裂。这个人原来特别喜欢演好男人,据说最近演起了杀手,也不知道是在干吗。

算了,过去的事情就让它过去吧,每份工作都有得失,每种职业也都有人设。我从来不信那些穿着西装、道貌岸然的人。

我当记者时,不太喜欢大家叫我小红,我有个笔名,叫陶红。

所以,我也不止一个人设呢,我又能文又能武,你当我和王子齐一样,只有一个好男人的人设?

咦,我是不是说出那个明星的名字了?

说了就说了吧,反正那都是过去的事了。

三

我叫方佳,是个导演。

我在影视圈待了很多年了,但就在这几年,我发现了一个特别有趣的现象——什么人都成了导演。

作家变成了导演,编剧变成了导演,演员变成了导演,现在据说连老板也在当导演。一块匾额砸到十个人,其中八个是导演,还有两个是制片人。为什么这么多人愿意当导演呢?我想原因有两个:第一个是导演的名声和利益太大了;第二个是一说到导演,大家的第一反应就是三个字:潜规则。

其实我挺讨厌"潜规则"这个词的,有时候男欢女爱、你情我愿,很正常。你的才华和她的美貌都是彼此欣赏的特征,欣赏往前一步不就是喜欢吗?喜欢完了,睡一觉,又能怎么样呢?导演跟她睡一觉,觉得她确实适合演这个角色,这不就给她了吗?这是潜规则吗?这是规律。

何况,这个世界已经让许多人过得太辛苦,释放一下自己又怎么了?

哦,导演就不能释放一下自己啊?那演员还天天都在买热搜、买水军、刷数据呢。

何况,怎么就我们导演声名狼藉了?难道其他行业不是这样的吗?别说其他行业,只说影视圈,最乱的怎么会是导演呢?比如朋友的上部戏,男主角和女主角公然就在剧组里同居了,我的朋友可是大明星啊!据说还同居了不止一天。说是聊戏,聊什么戏啊,聊骚吧!每次聊工作,两个人都眉来眼去,我能怎么办呢?我就说:

"您二位自己练吧,我困得不行了。"

最后两个人还不是结婚了,你怎么评论人家?潜规则吗?不是吧。

每个行业都有自己见不得光的地方。何况,我连续导演了好几部戏,可从来都没有"潜规则"过谁。我记得有一次剧组来了一个姑娘,当时她还是个新演员,不过后来很红,现在也退出圈子了,所以可以说两句。她大晚上浓妆艳抹地来到我的房间,谁都知道是要干什么,我为什么没动她?我傻啊?我上面还有个制片人,这是制片人带来的姑娘,我能乱来吗?事儿还没完呢,据说当天晚上从我房间出去后,她转身就进了制片人的房间,制片人的年纪都可以当这姑娘的爸爸了。这件事后来也被人传了出去,不过肯定不是我传的,我自己还有一大摊子问题没解决呢。

有一部电影叫《致命诱惑》,你应该看过,毕竟你也是做这行的。我年轻的时候看过这部电影,那时以为正房和小三明争暗斗的事情不会发生在现实生活中,现在结了婚才知道,戏剧是生活的比喻,谁也逃不掉。你看,那天我看了一眼报道,说是大城市的离婚率高达百分之五十,那另外不离婚的百分之五十,难道婚姻没问题?怎么可能?多多少少都有问题,只不过这些人会忍罢了。

现在技术进步这么快,生活方式变化得这么快,人性变了吗?

繁衍后代的任务早就写进了我们男人的基因里,是天生就有的东西。有时候你明明知道这事儿不对，可天性就是促使你这么做，你控制不住自己。

就拿几个月前来说，我们组的一个小演员叫小丽，跟我发生了关系，没错，可你们跟过剧组吗？知道那环境是什么样的吗？剧组既艰苦又无聊，那次她靠在我身边睡着了，我就情不自禁地拍了拍她的脑袋，接下来就……

谁都知道，这不就是一夜情吗？很正常啊！我也给了小丽她需要的一切，比如加戏、改戏。谁想得到，这小姑娘非逼着我离婚跟她过，这不就过分了嘛。一开始我还没在意，后来才知道这小姑娘竟然在收工之后跟踪我，知道了我家的地址。第二天就趁我出门拍戏的时候，独自一人去我家里坐了坐，说是我同事，但我媳妇儿多聪明啊，一下子就明白了。

我记得那天晚上，我媳妇儿等我回家，女儿已经睡了，她坐在沙发上一言不发，那眼神，我一辈子都忘不了。

我刚应酬完，有些微醺，看到媳妇儿脸色不对，我以为是和谁吵架了。

没想到媳妇儿冷冷地说："方大导演，小丽今天来了。"

就在那一瞬间，我的酒醒了，还没来得及说话，她就说了一句让我终生难忘的话：

"不管你在外面做什么，你都得给我记着，在家里，你就是个父亲，是我孩子的父亲，如果再有外面的人来家里，影响到了妞妞，你就给我等着！"

说完，她就回了卧室，关上了门。我知道，今天我只能睡沙发了。

在沙发上，我想到了很多事，这就是男人：在外面，你是一个导演，是个打工者、创业者；在父母面前，你是他们顶天立地的儿子；在妻子面前，你是无所不能的丈夫；在孩子面前，你是无所畏惧的父亲……

我有好多人设，唯独不是我自己。

四

我叫伊庭，大学学的是英语专业，毕业后就去了一家教育培训机构教授英文课程。当时学校领导问我，你想教哪个阶段的课程？你的能力可以胜任任何一个阶段的英语课，比如考研、托福、雅思。

我当时想也没想就说，我想教四六级的课程。

领导也很诧异，以为我不思进取，问我为什么。我说，因为这样可以影响更多的人，而且这门课很简单，不用太费脑子。

后来，我开始教英语四级阅读，一教就教了十年。

忘了跟大家说，为什么我教四级阅读，而不教四级全科呢？其实早年英语培训老师都是教全科的，但培训机构的领导发现：当一个老师能教全科，就意味着他具备了单干的能力、辞职的能力、创业的能力。一个老师的离职势必会带走许多学生和资源，给公司造成巨大的损失，同时也增加了竞争对手。

于是就在那段员工辞职的高峰期里，英语培训圈制定了一个新规则：每个老师都只能教授一门很细的分支，一来让学生认为老师更加专业，二来废掉了老师的武功，要辞职就必须拉着其他几个老师一起才能成大事。

不仅如此，教师内部还有竞争打分的机制，所以，想几个老师一起走变得很难，这样，就保证了教师的低流失率。

这样做的坏处就是，老师的授课功力会越来越差，一个人一旦自满于现状，就会逐渐被废掉武功。

就这样，我在那家机构干了十年。一开始，我觉得自己特别厉害，学生崇拜的眼神让我觉得自己如鱼得水。可是几年之后，我发现自己的英语全项能力逐渐在退化。尤其是有一次我去美国，发现自己连美国人的话都听不明白。长期教授四级阅读造成我的英语听力也出现了问题，口语表达也不怎么样。最可怕的是，我的词汇量限制在了四级英语的常用单词范围内，再多一些也记不住了。

同样受到限制的，还有我们的工资。

2015年，在线教育兴起，我们清楚地看到，愿意来教室上课的学生越来越少。原来我们上课，一个大教室项背相望几百人，现在一个大教室来三个人,我们怎么讲课啊?现在啊,大家只要连通了一根网线,足不出户就能学到知识,这样多好。在这样的风潮下,我和几位老师一起辞职,创办了一家在线教育机构。

我们从一无所有,到现在有了一个几百人的大团队。我觉得,自己获得了第二次成长。我至少又开始学习了,学习了好多创业知识和管理知识。我说这个没什么别的意思,就是想通过这个纪录片告诉每位老师,如果老师都不进步,总是贪图稳定、不思进取,那怎么可能教好学生呢?毕竟连自己都不是榜样了。但现实是,老师确实不用进步,也没有进步的动力,一门课如果可以讲一辈子,那么PPT都可以不用改了。原来在网上搜索我的名字:伊庭,第一个链接就是伊庭四级阅读,我已经和这四个字牢牢地系在了一起。现在,我终于多了一个关联词:创业者。

我很自豪,自己打破了英语老师的人设,从一个老师变成了一个创业者。

我们的机构里原来只有四个老师,现在已经有了几十位老师。我不仅要教课,还要做不少管理者的工作,公司行政层面的事情也很复杂。这不,前些天,又出事了:

一位考研英语阅读老师决定辞职去山区支教,这件事本来无可厚非,问题是,他的课只上了一半,还有一半没上完。

这下子学生算炸锅了,于是网上的攻击变本加厉,从抱怨变成暴力，一些人叫嚣着退费，一些人呼喊着换老师。

我们尝试着挽留这位老师，但他去意已决，他有自己的教育理想，所以我们只能尊重。

谁都觉得这门没上完的课像是个烫手山芋，所以谁都不肯接。

在一次又一次的讨论后，我们终于决定，让我来接手这个考研阅读班。第一，我的名气是最大的；第二，我是阅读老师；第三，这是我的公司，出了任何事，我要先来扛。

于是，我们发了一篇声明，以为这个方法很好。但问题又出现了，许多学生说了这样的话：你不是教四级阅读的吗？怎么教考研阅读呢？你这不就跨界了吗？

看到这些问题，我第一反应是理解，第二反应是不解。我理解这些言论怎么来的，不解的是，这些东西归根到底都是英语啊，难道考研英语阅读和四级英语阅读用的句子不一样吗？使用的单词不一样吗？不啊，这些不都是英语吗？我想起了当年我刚进入这个行业时领导告诉我的话：你可以讲任何科目。

说到这里让我挺难受的，时过境迁，物是人非。

但我没有松懈，我知道，既然选择了教育，就要风雨兼程，所以我和几位老师再次进入了教研和备课的状态：我们一次次地在会议室做题、讲题、批课，从而提高自己。接着，我要开始上这门课了。

半年后，这个班有一大半学生获得了好成绩，有一半学生考上了自己心仪的学校。我记得有一位叫张琳的著名导演也考上了研究生，就是之前和她老公王子齐的事闹得沸沸扬扬的那位——她是我们班的"骄傲"。前些时间她给我写了封信，说感谢我们，也感谢我，让她看到了另一个更大的世界。

她还说："原来以为您只能教四级阅读，而教不了考研阅读，没想到您不仅能教，还能教得那么好，当初错怪您了。这样说您可能不太明白，我给您打个比方：就好比一个总是演好男人角色的演员，竟然也能演一个杀手，而且演得还很好。这是个真事儿。"

看来，人设这东西还真是挺毁人生的。我看完她给我写的信就笑了，没想到，我一个老师，竟然也有了人设，四级阅读老师的人设。

用你们娱乐圈的话说，我这四级阅读老师的人设，也崩了。

哈哈，现在我就是考研阅读老师了，跨界了。什么时候，我也去讲讲听力、讲讲写作、讲讲口语，继续崩一个！崩崩更健康。

五

我是肖萧。

聊聊人设是吧？好的。

说到人设，我首先是个编剧，前些年，我写了一篇文章，《肖萧卧底横店带回一线实录：被毁掉的表演》，这篇文章一经发出就火了。

我的老父亲在田间耕地时问我，你不是在北京做编剧吗？怎么做卧底去了？

后来，我又在网上和一位演员争论改剧本谁说了算的事情，没想到争论的这个问题成了高考作文题，许多人又说我是出题老师。

再后来，我在网上打抄袭、打假收视率、打假票房，结果又成了打假斗士。

但我的主业确实是个编剧。很多时候做编剧，其实就是个悲剧，因为你的人设总是在变。我们做编剧的最讨厌的就是别人问你，你是什么编剧？编剧就编剧嘛，什么叫什么编剧？每次遇到这个话题我都很反感，我们都快成悲剧了，还有什么题材可以让我们写呢？何况，一个编剧就应该无所不能的，什么都能写，难道不是吗？不要总把演员那套人设强加到我们头上，我们是文化圈的，他们是娱乐圈的。

我们是写故事的人，既然要写故事，就要有创造世间万物的思维和能力，所以别问我们擅长写什么了，我们什么都擅长。

就比如你是个农村人，要去北京，没钱，怎么办？编剧有一万种方法让你到北京，这就是写故事的能力。

我再告诉各位一件事，我不仅擅长写，我还擅长说。

现在脱口秀界的人都怕我了，我一个编剧，演脱口秀演得家喻户晓,这么看,还真是悲剧。

之前埋着头写剧本时,没人找我,现在演脱口秀找我的人却越来越多,有趣。

还有人让我给他们写脱口秀剧本,我当然不写!为什么给他们写?

为了让我的人设不崩,我成了一个从单口铄金到哑口无言的脱口秀演员,但这并不代表我不关心这个行业。那天我看到了一个喜剧节目,里面有一个没头发的小伙子说得很好,也很有喜感,就是起了个叫尚鑫的名字,听起来像伤心。

我看着看着就想,这个小伙子是个喜剧天才,得合作一把。正想着,一个电话打来了,刚好就是他的制片人,说让我给他写个脱口秀剧本。我这人从来不为任何人写任何东西,但这次之所以同意,是因为我很喜欢这个光头小子。

迄今为止,我都认为自己写给他的那个剧本是我写得最好的一个,但那次,他竟然没有拿第一。

明眼人一看就知道怎么回事,所有的综艺节目都有自己的套路和潜规则。这个无可厚非,虽然没有拿到冠军,但这个节目直到今天还在网上流传,还有很多人通过节目纪念这个自杀了的喜剧天才。很荣幸,我能给他写这么一个剧本。我相信尚鑫这个男孩在天堂是很幸福的,因为他视频里的影像至今留在人们心中,人们没有忘却他。死亡不是终点,遗忘才是。

虽然没有得冠军,但我觉得,他已经通过这个节目封神了。

我没有见过他,他应该也没有见过我,但我们因为这个节目有了缘分。这个缘分,我想只有时间才能证明它的价值。

后来在喝酒的时候,我也会想:如果我永远只是埋头写剧本呢?如果我永远不参加脱口秀呢?如果我的脱口秀没有那么红呢?如果没有红到他们一定要来找我写剧本呢?

那是不是我永远都不知道自己会和这个小伙子有这样奇妙的缘分?

所以人啊,别限制自己的可能,如果整天循规蹈矩、故步自封,真会把自己活成一个悲剧。

六

我叫宇文,名字是父亲给我起的。

是的,我还没介绍完,别着急啊!

我还有个双胞胎哥哥,叫宇武。哥哥今天有部戏要拍,所以没来。

我们从小就在一起长大,同一个小学、同一个初中、同一个高中,在一起久了,就越长越像。衣服一样,发型一样,身高一样,许多人都会认错。

高考结束后，我们一起考入了表演系，嗯，还是一个班。虽然我们形影不离，但有时候也会觉得对方是梦魇。

我们的事迹被很多媒体报道过，我们也莫名其妙地火了。我们出的写真集是一起的，演的电影是一起的，拍的广告是一起的。只要出席活动，我们永远是两个人，不会是一个人。

我曾经尝试过一个人去什么地方参加活动，被问到最多的，你猜是什么？——你哥哥呢？一个人永远没有两个人那么红。公众啊，平台啊，基本上都只认我们俩，很难认一个人。

上天让我们是双胞胎，但我们彼此是个体啊，我和哥哥有很多不一样的地方，但只要我们在一起，总能爆发出很大的势能。

我知道，比我们帅的有，比我们有才华的也有，但双胞胎呢？很少吧。

但生活中其实有很多麻烦的，比如，我遇到的她，嗯，我就不说她是谁了。我们这个圈子所有的感情状态都要保密才好，每次公布感情，其实也伴随着炒作。

但这个故事，唉，这段就别播了。关了是吧，好的，那我说了。

她是我见过最好的姑娘，她说，我是世界上最特别的。

我第一次见到她就喜欢上了，因为她跟我说的一段话，让我很感动，很少会有人跟我说："你是世界上最特别的。"

他们都会说："你们俩怎么怎么样，你们俩如何如何……"

没人会说我怎么样，大家都说我和哥哥，好像我们就是一个人。

我很爱她，她能看出我的不一样，我们虽然是双胞胎，但有好多不一样的地方。

我和哥哥从小性格就不同，我内向，他外向；我喜欢和身边的好朋友聚会，他喜欢跟陌生人社交。我想，终会有一天，我能一个人出道，继续往前走。不是说我不爱我的哥哥，而是说，我本来就是一个独立的个体，他也是独立的个体。

为什么总要被称成"我们"呢？

难道"我们"就是我的人设？

什么，这个姑娘，我还会不会爱她？

唉，这就是我最近很郁闷的地方。因为我不确定她爱的是不是我。

就是前几天，她和我哥哥出去看电影了。

这是个什么世道……

七

电话接通，那边传来声音：

你们采访我，我还挺意外的，但我就不露脸了。

我的网名叫"我是小星星"，资料上写得很清楚，性别女，年龄十八,地址海外。

我喜欢那些甜美清纯的人和事,我关注的明星也都是这样的人。

她们清纯可爱,对世界没有恶意,可能是因为我期待这样的生活吧。现实生活太复杂了,都是欺骗,我就希望网上的生活能简单一些。

我关注的明星就几个,比较喜欢的是一个当时特别红、现在已经退出娱乐圈的明星,她叫白雯。可能现在记得她的人很少了吧,好像现在去了很远的地方。

从她的第一部到最后一部作品,我都看了。我喜欢她的微笑,只要她微笑,世界就变得特别美好。真粉丝,就是要给偶像花钱,我给她花过的钱,谁也比不过。和那些号称喜欢她的假粉丝来比,我才是真正的粉丝。

她很单纯、很可爱,只要她在微博上发了照片或者视频,我都会第一时间留言;谁抹黑她,我就第一时间发飙。我们给她买的榜单、刷的投票数不胜数呢。那是必须的。世界应该多一些像她一样单纯的女孩。作为粉丝,我们应该保护她,至少不要让她受到伤害。

但谁也没想到,我们这么保护她、支持她,唉,她还是遭受了那样的攻击,你知道她有多努力吗?

很多人根本不知道她做过什么,也不管真真假假,就为她的人设崩塌欢呼雀跃。那些不负责的自媒体又为了热点见风使舵，为了点击率说话不负责。那么多虚假的信息被所谓的"扒"了出来，我真的不相信那些事。我记得当时不停地在网络上给白雯留言安慰她，我知道她肯定看不见，就算她看不见，至少我的心里是开心的。

直到那天早上，她回复我了。我想，我的话对她肯定是有帮助的，一定是的。对，白雯姐姐不可能是这样的一个人，她那么单纯，何况，这些人都是谁啊！他们怎么会入得了姐姐的眼睛，于是，我又在网上搜索了其中一个当事人：制片人马叶。当看到他的照片时，我更加确定了我的判断，这不可能。这么难看的一个油腻中年，别说和他睡了，白雯姐姐多看他两眼都会恶心，那些黑料怎么可能是真的？于是我又发了条信息：

"姐姐，我看了新闻，也搜了马叶的照片，说实话，他这么难看，您这么美，我不信，您出来澄清啊！"

没想到的是，她竟然回："孩子，如果这件事真的发生过呢？"

那时我不知道应该怎么回，18岁的年纪，我没有经历过这样的事情，但我想起一句话：一切结果都有原因。

我回："不可能的，姐姐，就算有，您也一定有难言之隐。"

没想到，她竟然回复了一条充满错别字却很励志的话。于是我说："姐姐，您写错别字了，看来您心情确实不好。不过如果您想讲讲自己的故事，我都在。"

"我都在"这三个字是我前夫告诉我的，他说，只要觉得有需要我的地方，这三个字永远算话。那时，他确实给了我很大的温暖和动力，但我们依旧离婚了，离得很彻底，他走了，留下了我跟我的孩子。所以，这就是现实，现实总是和网络世界不一样的。接着，白雯姐姐给我发了一段很长的话，这段话到现在我还保存在手机里，大概意思是自己人设坍塌的原因，我看完后，有两个想法：第一，娱乐圈真的是不好混；第二，她的第一次被无情地夺走了。

就在那一刻，她在我心里的人设坍塌了。原来每个人都有自己的人设，都只给别人看自己想展示的那一面。尤其是在互联网世界里，你就是你想给别人看的那个部分，那个部分，就是人设，没有被看到的加上被看到的，才是人生。

这个人设，可能是假的，可能只是你的一小部分，但它又是那么真实，那么清晰可见。真真假假、假假真真，这些都不重要。重要的是，没有网络，人就没有人设了吗？不是，科技不过是放大了人设而已。人只要起了床，就在扮演别人，只要出了门，就有人设，只要披上制服，就开始了演出。

科技进步那么快，人性还是那样，未曾变化，这是我的理解。

唉，不说了，孩子又哭了。唉，不是刚喂过奶了吗？

什么?

我18岁怎么会有孩子?

我30岁了。18岁是资料上写的。你刚才有没有在听我说话?啊?

八

终于轮到我了。

我还用自我介绍吗?好。我叫白雯,餐厅老板,单身。

我不太喜欢人设这个词,人设是社会需要你呈现的一种状态,所以它并不是自己。我不相信人设,就像我不相信人一样。我原来是个演员,人设是必备的,但现在我不是演员,所以我只是想过得真实一些。当演员这么多年,我意识到一件事,忠贞是内心的坚守,和身体没什么关系;同样,生活是自己的,和别人也没什么关系。

我能抽支烟吗?

好的,谢谢。

真实是一件很需要勇气的事情,因为真实不仅会伤害别人,也会伤害自己。你记得你第一次说谎吗?是为了伤害别人,还是为了保护自己呢?当你的真实一次次被伤害,其实你就不太愿意表达真实了。但我还是想真实一些，所以我接受你们的采访。

真实一定会受到伤害，所以真实的人是勇敢的。

最近一次被伤害是在婚礼前，他出差回来当天，我们约好去民政局领证，结果他没来。我等了一整天，以为是回云南的飞机晚点了。后来我回到家，发现他的东西都没了，只留下了一张字条，上面写了一行字：对不起，我还是接受不了。

一开始我很愤怒，是他说要重新开始的，是他说能接受我的一切的——无论是过去、现在，还是将来，人怎么能说变就变呢？

后来我也明白了，人心本来就是会变的，不变的只有人设。

所谓的人设就是戴着面具做人，人什么时候可以不戴面具呢？好像从我们每天起床就要戴面具了吧，上班的时候我们是员工、老板，下了班后，我们是妻子、丈夫，什么时候都要戴着面具，很累，累着累着就习惯了。不戴着面具就寸步难行。

我摘掉过面具，所以把他吓跑了。

我戴上时，大家都喜欢我。（笑）

我还会不会再戴上？

这是个好问题——我想，我不会了，真的戴够了。

这是我最真实的一面。

如果那个人不能接受这样的我，就算了吧，他不能接受我的全部，也就不能享受我最好的一面。不过，我想会有人喜欢我的……

我对未来充满希望。未来本来就充满希望呢。

李尚龙

完稿于

2018年11月14日星期三

后　记

谢谢你读完了这个故事。

到目前为止，这本书是我写的第六本书。谢谢你一直在，因为我也一直在路上。

这些年，我一直被人调侃："你写的是鸡汤。"直到写完《刺》，又有许多人问我："你是不是要转型啊？"

其实我活到今天一直在被人问这么一个听起来特别蠢的问题："你是不是在转型啊？"

从读军校，到当老师，到当导演，再到写作，我都不曾想过转型，只想过专心，只希望打破人设，看到更宽广的人生。果然，我开始慢慢明白，人的潜力是无限的，只要你想，只要你开始行动。

照例，这本书出来后，我会带着这部作品去天南海北见见你，无论多远，我必赴约。我们一起聊聊你眼中的人设，聊聊你身边的人和你自己的面具。如果可以，也把你的感受发到我的微博（@尚龙老师）、我的微信公众号（李尚龙）或者当当、京东、亚马逊的评论区，每条留言，我都会看。

这部作品的影视化也在进行，相信不用多久，也会在荧幕上和大家见面。

要感谢一些人，没有他们，就没有这部作品：

感谢宋方金老师、范伟老师、王小列导演、古典老师、制片人肖霄、制片人阿毕、帅健翔老师、尹延老师、石雷鹏老师、兆民老师、Scaler老师、胡洪江老师、卢思浩兄弟。

感谢磨铁图书的各位。

感谢我的团队。

谢谢我的家人，谢谢你们在我创作时的轻声细语，给予我写作的尊重，我爱你们。

也谢谢每一个逆风不怂、勇敢突破的你，你们是这个时代的骄傲。